鷲の巣

アンナ・カヴァン

訳 小野田和子

Anna
Kavan

Eagles' Nest

translation:
K*azuko*
O*noda*

bunyusha 文遊社

鷲の巣

目次

鷲の巣　5

訳者あとがき　241

鷲の巣

Eagles' Nest

1

色鮮やかな小鳥の群れさながら、派手なセーター姿のタイピストたちがぺちゃくちゃ囀《さえず》り、くすくす笑いながら、ぞろぞろと食堂めざして出ていくと、わたしはつかのま、〝広告デザイナー〟として雇われている大型デパート最上階のオフィスの占有者となった。この職は、わたしが受けた教育にふさわしい、性に合う、夢中になれる仕事の代わりに、いきあたりばったりで当座しのぎに就いてきた数々の職のなかでも最下位に位置しているのはまちがいない。

好きな仕事に就いていたときは順風満帆で、自分の将来ほど約束された安泰なものはないと思っていたのに、いきなり解雇されるという憂き目を見た。わたしにはなんの落ち度もなかった。ただ人員削減が必要になって、たまたま解雇の対象になったという理由でしかない。こんなひどい悪運に見舞われては、腹を立てるな、恨むなというほうが無理な話だ。自分に罪はないといったところで、なんの慰めにもならない。世間では解雇されたということは、なにか不始末をしでかしたということにほかならないのだから。

鼻薬を嗅がせて朝のお茶を上まで持ってくるよう話をつけてある薄汚れた小柄なウエートレス

が、いきなり入ってきたと思うと、わたしの目のまえにある顔料の瓶やニスや色インクのあいだにトレイをどんと置いて、ふたたび疾風のように出ていき、その背後でドアが音を立てて閉まった。没落の一途をたどるキャリアのことを忘れようと縁の欠けたカップを手にすると、目に入ってきたのはトレイに敷かれたクロス代わりの新聞の〝世界的不安〟という言葉だった。これこそ、わたしの人生をはっきりとふたつに——存在することのすばらしさを確信していた輝かしき時代と、生きることに価値などあるのだろうかという疑問に日々暗くなっていく一方の時代とに——分断した言葉にほかならない。

こんなみすぼらしい環境にあまりにも深く沈みこんでしまって、もうこれ以上つづけていけそうにない。いまは冬、屋根のすぐ下にある狭苦しい雑然としたオフィスは寒いくせにどういうわけか旧式のガスストーブの煙い匂いと顔料や女性特有の汗の匂いが混じり合って蒸し暑い。こんな空気のなかで日々をすごし、薄暗い明かりのもとで仕事をこなしているというのに、わたしよりも十代のタイピストたちのほうが重要だとでもいうように、わたしのデスクは隅に追いやられている。彼女たちとひとつ部屋に入れられているのは、サディスティックな店の経営者の卑劣な策略のひとつにすぎない。やつはわざとわたしに屈辱を与え、わたしの不運につけこんでいるのだ。

ではなぜ、さっさとやめてしまわないのか？　ここは自由の国だ。言語道断なまでにわたしを搾取する専制君主的暴君に労働を強いられることなど、あっていいはずがない。だが、常日頃、貶められて名誉を傷つけられているのだから、やつに立ち向かうべきだとわかっていながら、わたしにはその勇気がなかった。ほかにわたしを雇ってくれる人間などいないのではないかという気がしてならないのだ。

不意に、働きすぎと正当な居場所からはずされているという感覚とだれからも必要とされていないという思いから、生気の失せた感情鈍麻に陥って唯々諾々としていることが恥ずかしく思えてきた——わたしはティーカップをわきに押しやり、気分を変えようと新聞のコラムに目をもどした。こんどたまたま目に入ったのは〝求人〟という見出しだった。ついていない人間がすがる迷信のようなもので、わたしはこれを吉兆と受けとった。そして読んでいくと案の定——

「〈管理者《アドミニストレーター》〉——誠実なる人物に地方の邸宅にてあらたなる人生を踏みだす機会を提供——専門的能力不問、ただし応募者には自己の能力に応じて有用性を発揮してくれることを求む」

この〈管理者〉とは仕事がらみで面識があった。以前、よそを解雇されたときに庇護の手をさしのべてわたしを雇い入れ、私邸の立派な図書室の蔵書目録作成の仕事をあてがってくれたのだ。信頼にもとづく寛大な行為で、わたしも深い感謝の念を抱いていた。だから、まさに絶望の深みにあるときに彼がふたたび助けにきてくれるのはきわめて自然なことのように思えたのだろう。ずっとこれを待っていたような気さえして、いっきに気分が変わり、幸福感を覚えた。まるでこの広告が、わたしひとりに宛てて書かれた、彼がまだわたしのことを気にかけてくれていることを示すもののように思えたのだ。

わたしの生活のなかの暗い、不安な要素はすべて、脳裏に浮かぶこの人物の姿によって覆い隠されてしまった。彼の図書室での仕事をやめて以来、彼とはいちども会っていないのに、その姿は時を経れば経るほど鮮明になってきていた。純粋な記憶と見分けがつかないほど少しずつちがう夢想がいくつも混ざり合っているのではないかという疑いには目をつぶって、わたしは依然として彼のことを友人であり、支援者であると考えていた。ここにはいないが、わたしの行動も窮境もすべて知っていて、遠くから同情の眼差しで見守ってくれている保護者だと。

すると、自分自身に問わずにはいられなくなってしまった。これまでずっと彼に連絡をとろうとしなかったのはなぜだ？　わたしは必ずしもこのすばらしいチャンスに飛びつこうとしているわけではない……もちろん、この広告の呼びかけに応じる気になってはいるが……なにかがわたしを止めようとしている……やめておけと警告している気が……。

と、時計が時を打って、そろそろタイピストたちがもどってくる時間だと知らせた。わたしはあせって、いちばん近くのデスクから会社の便箋を一枚ひったくり、〈管理者〉宛てに職歴と、どこであれどんな役割であれ、ふたたび彼のもとで働けるなら幸甚である旨、大急ぎでしたためた。どういうわけかその手紙のことを女の子たちに知られないようにするのがなによりも大事な気がしたので、書いた内容を読み直しもせずに、だれの目にも触れないところへ押しやった――と同時に彼女たちがふたたびあらわれて、わたしの短いプライベートな時間に終止符を打ち、やらかい半分の詮索がましい眼差しでわたしの一挙手一投足を注視する作業を再開した。

ちょうど十二月で、通常業務のほかにクリスマス用の客寄せの装飾をつくらなければならなかったから、求人に応募したことをじっくり考え直している暇はなかった。装飾のなかには、店の外壁に飾る等身大の石膏の天使像もあって、先週中に仕上げるようにと経営者から指示されていた。わたしは、それは無理だ、もっと時間がかかると抗議した。ところが経営者は、わたしが細部まで手をかけすぎること、引き受けたものはつねに能力を最大限に発揮して仕上げることをよく知っていて、下の道路から見上げるだけなのだから、細部は省略しろの一点張りだった。しかし天使をつくるからには、少なくとも気高さらしきものが必要だ。経営者の理不尽な要求に腹を立てたわたしは、その日の夕方、なにかインスピレーションを得ようと、近郊の修道院に出向いた。天使たちの階級を描いたステンドグラスの窓で有名な修道院だ。

そこへいくのには思いのほか時間がかかった。おかげで道中たっぷり、厄介な良心を呪い、爪の先ほどの評価を受けることもないのに、こんな手間をかけてしまう自分の愚かさを思い知ることになった。寒さにふるえ、疲れ果てて、ようやくたどりつき、古びた建物の重厚なクッション張りのドアを押し開けると、まだ開けきらないうちから、まるでわざとわたしを苛つかせるかのように明かりがひとつ、またひとつと消えていって、最後には遥か彼方に黄色い花束のようにちらちらと光る数本の蠟燭を残すのみになってしまった。

どうやら修道院を閉める時刻のようだったが、たしかめる相手もいなかった。暗く荘厳な空間には人っ子ひとりいないらしい。おぼろげに見分けられるのは棺の形をしたものがいくつかと、頭上の黒い丸天井から吊り下げられているものだけ。巨大な犬のだらりとたれた舌を思わせるそれは、なにか古いキャンペーンの旗のようだった。ひと晩、閉じ込められてしまうかもしれないと思って入り口にもどりかけた。ところが、外へ出るのが分別とわかっていながら、わたしは動かなかった。不意に奇妙な感覚にとらわれて身体が動かなくなってしまったのだ。

まるでいつもの理性のある自分といきなり絶交し、その自分が影のなかにひきこもってしまって意思疎通のしようがないといったふうだった。その一方で、もうひとりの〝わたし〟が、どこかべつの、すべてのものの外観が人を欺き、頭のなかの思考までが、曖昧さを帯びた不可思議なレベルで指揮を執っていた。

しばらくして闇に目が慣れてくると通路の配置が見分けられるようになり、わたしは躊躇することなく付属礼拝堂に入っていって窓を見上げた。街灯の淡い光を受けて、細長くて先が尖った輪郭がくっきりと浮かび上がり、蜘蛛の巣のような黒い線が縦横に走っているのは見えたが、光が弱すぎてガラスの色や絵柄まではわからなかった。

依然としてあの奇妙な〝べつの〟状態にあったわたしは、失望を味わう暇すらなく危険な気配を感じとった。それは最初は奸智にたけた巣にわたしを絡めとろうとする黒い網から発せられているように思えた。が、つぎの瞬間、静寂に包まれた荘厳な、神秘への恐れに満ちた修道院の空気が、不吉で敵対的なものに変わったことに気づいた。束になって揺れている炎さえ花のような可憐さを失い、ちらちらと明滅してわたしを惑わせ、欺く、信のおけぬ鬼火に変身してしまっていた。

そのとき、ききまちがいようのない、鍵が回ってかんぬきがかかる音がして、わたしは幻覚のなかにいるような状態からいっきに現実に呼びもどされた。とにかく逃げること以外なにも考えられずに、わたしは「待ってくれ！　ここから出してくれ！」と叫んで走りだし、見えない障害物につまずきながらドアにたどりついて拳でドンドン叩いた。と、ドアがなんの前触れもなく突然開き、わたしはドアの外のポーチに倒れこんで、黒い夜着のようなものを着た老人にぶつかりそうになってしまった。老人は、こんな場合でなければ笑ってしまいそうな恐怖と闘争心とがないまぜになった表情を浮かべて、警察を呼ぶぞと威嚇した。

待降節の説教者とさまざまな慈善事業への寄付者の氏名が書かれたリストを照らす弱々しい電球の明かりで、老人が笛を口元に持っていこうとするのが見えた。わたしは笛を吹かせまいと飛びかかると同時に、悪気はまったくないのだと説明した。そうでなければこんなふうに騒ぐはずがないと。だが、老人の顔にあらたに浮かんだ狡猾そうな表情に、袖の下をつかませる以外この男をおとなしくさせる方法はないと悟って、しぶしぶ小銭を手渡した。そんないわれなど微塵もないのに。受けとった小銭をたっぷりとした黒い服の腰のあたりにしまいこむと、おなじ場所から数枚の絵葉書の束をとりだして、老悪党はあつかましくもこういった。「チップをいただくことは禁じられとりますが、よかったら一枚買っていただければ」

わたしはむかつきながらも、とにかくこの不合理で腹立たしい一幕に終止符を打ちたい一心で、絵葉書を一枚ひったくり、ろくに見もせずにポケットに突っ込んだ。家への帰り道、あんな欲深な老聖堂番にさえしてやられてしまうようでは、わたしの知性はだいぶ衰えているのにちがいないという考えにとらわれて、気分が落ち込んだ。気迫あるいは勇気の欠如は、不幸な境遇に追いやられているせいで、人格に欠陥が生じつつあることを示唆していた。

疲れ果て意気消沈して暗い下宿に帰りついたのは、夜もだいぶ更けた頃だった。すべてから逃れて、あたらしいスタートを切ることができさえすれば！　そう願ったということは、もはや〈管理者〉が助けにきてくれるとは思っていないということだと、わたしは自覚した。もう彼のことなど考えたくなかった。修道院に出向いたのは大失敗だったということも考えたくなかった。ところが、オーバーを脱いでポケットから絵葉書がすべり落ちたとたん、その両方を思い出すことになってしまった。

一瞬、ほんとうに、かつて庇護者だった男の顔が見えた気がした。もちろん幻覚だ。絵葉書の図柄は、修道院に出向いたそもそもの目的であるステンドグラスの天使だった——たぶんそれに霊感を得たのだろう。そのまま天使の顔の晴朗な、この世のものならぬ美しさにじっと見入ってしまった。目を離せなかったのは、その美しさゆえだろうと思う。そして見ているうちにはたと気づいたのだ。それが、わたしの思考と感情に特異な位置を占めている男の顔に似ていることに。というより、わたしが自覚したばかりの不可思議な世界では両者のあいだに重大なつながりがあることに気づいた、といったほうがいいだろうか。その世界では、なぜかわたしも日常の自己ではなく、あの制御のきかない、漠然とわたしとつながっているだけのもうひとつの自己のなかで、両者と関わりを持っているのだ。

そのときふと、この第二の秘された自己が存在するという予告を受けとっていたことを思い出した。当時は、おぼろげに暗示されただけだったから、無視することにしたのだ。ここにきてはじめて物事のべつの側面が完全にあきらかになったわけだが、それは夢よりも遥かに現実的で、まるでふたつの人生を同時に生きているのかと思えるほどだった。しかし考えてみると、その両方を同時に完全に意識したことはなかったような気がする。いまは、具象的な世界が支配的立場をとりもどして夢の世界を彼方へ追いやっているが、その記憶が完全に消されてしまっているわけではない。

何日かたっても〈管理者〉からはなんの音沙汰もなく、失望も忘却に覆い隠されていった。忘却は圧倒的な仕事の洪水にのって易々と訪れてきた。クリスマス前の多忙を極める時期、狂躁は日々つのる一方で、毎夜、疲れ果てて、考える余裕などなかった。

奇跡的に予定どおりの期日に仕上がった天使は、まんざらでもない出来といってよかった。とくに経営者に、厳粛すぎる、可愛らしさが足りないと文句をいわれたときには、なにか神秘的な方法でそのふたつをひとつにした途方もなくすばらしい表情をつくりだしたといわれたようで、悪い気はしなかった。天使像はクリスマス当日の朝に人々を驚かせるという意図でつくられたものだったので、前日の閉店時までは所定の場所に飾り付けるわけにいかなかった。その仕事を割り当てられたアシスタントたちは遅くまで残らなければならないと腹を立てていた。だから暗いなか手っ取り早くすませようとして像のひとつを取り落とし、顔をひどく破損してしまったことも、さして驚くには当たらなかった。

遅い時間だったが、破損部分を直すしかなかった。最上階のオフィスで、いざ修理をはじめようとしたところへ、タイピストがひとり、忘れ物をとりにもどってきた。そして驚いたことに数分そこにとどまり、こんな特別な夜に残業だなんて気の毒に、と同情の言葉をかけてくれたのだ。その娘が帰ってしまってから、説明のしようがないと思った。仕事は、少なくとも世間と触れ合っている、ほかの人たちと触れ合っているという幻想を与えてくれる、だからここにいられるのは掛け値なしにうれしいのだ、などといえるわけがない。思いやりのある言葉をかけられることなど久しくなかったから——彼女もはずみでなんとなく声をかけただけ、とわかってはいたが——ほんの二言三言で気が散ってしまった。わたしは仕事をはじめるかわりに、異様なほど静かな部屋のなかをせかせかと歩き回った。巨大なビルのなかでひとつだけ明かりのついた部屋にひとりでいるのは、奇妙な感じだった。一日中、最後の土壇場まで騒々しく買い物客が詰めかけていたビルはいまや漆黒の闇に呑み込まれ、その上に輝く泡のようにこの部屋が浮いている。

いつのまにか、無意識に避けていた窓際にやってきていた。こうなったら、煌々と輝くほかの窓を見ずにはいられない。無数の窓は星のように遠く、そのひとつひとつの奥で、大なり小なり祝い事が、あるいはその準備が進行している。もう知らないふりはできない。今夜はだれもが楽しく祝い合う夜なのに、自分だけが締めだされているという事実に気づかないふりはできない。ほかの人間には幸福を享受する権利が与えられているのに、なぜわたしだけ、その分け前にありつくことが許されないのか？

凄まじい孤独感に襲われた。すべての人から永遠に切り離されてしまったような気分だった——打つ手はなかった。それでも耐え切れず、どうしてもなにかせずにはいられなくて、絶望のうちに窓を開け放ち、身をのりだした。そうすることでだれかに……下の街路を急ぐ人影のひとつに、近づけるように思えたのだ。外のものはなにもかも厳寒の虜となって、街路をゆく人々の足音は冷えびえと響きわたり、空気は平手のように頬を打った。頭上のひさしからは、わたしの腕ほどもある巨大なつららが下がっている。そんな寒さもほとんど感じぬまま、わたしはさらに身をのりだした。心のどこかでのりだしすぎてしまえばいいのにと思いながら、わたしはなにひとつ気づかずにいる見知らぬ人々を羨望の眼差しで見下ろし、あのなかのだれかと入れ替わりたいと心の底から願った。

これほど思いを込めて見つめているのだから、だれかがわたしに気づいて上を見るにちがいないと思っていた。ところが信じがたいことに、下を歩く人々はみな、わたしの存在など露ほども意識せず……だれも顔を上げなかった……。猛然と街路に突っ込んでいって通行人の胸ぐらをつかみ、力づくでわたしの存在に気づかせたいと思ったのは、愛ゆえか憎しみゆえか、それとも純粋な絶望ゆえか？　しかしわたしは、どんな理由で生じた衝動であれ、それを制御する分別というものを持ち合わせていたので、窓を閉め、断固たる決意で仕事にとりかかった。

だが、感情が昂ぶって動揺していたせいだろう、床張りがはがれかかっているところがあるのをすっかり忘れていた。経営者は店の公衆の目に触れるところにはふんだんに金をかけるくせに、ここの床の修理はほったらかしたままだった。わたしはそこに足をひっかけてつんのめり、手近なデスクにつかまった拍子に、タイピストがそこに積みっぱなしにしていた書類の山を四方八方にまきちらしてしまった。わたしがつまずいて書類を散乱させたのは、一見、ただのもののはずみに思えた。ところが書類を集めてメッシュのかごに入れようとかがんだとたん、これは起こるべくして起こったことだという気がした。孤独な悲しみが突如として高揚した期待感に変わった――なにか重要なことが起ころうとしている、それがなんなのか、なんとなくわかっている、そんな気がしてならなかった。それでいて、わたし宛ての封筒を拾い上げ、封に浮き彫りになった〈管理者〉の紋章に気づいても、ただぼんやり見つめているだけだった。わたし宛ての封書がここに送られてきても、べつに不思議はなかった。会社の便箋にあわてて応募の旨を書いたときに自宅の住所を添えるのを忘れていたのだろう。そして女たちはその返信をわたしに渡すのを忘れていたか、わたしをじらせるつもりで隠していたか。

一枚だけのタイプ打ちの用紙をひろげると——

「〈管理者〉——貴殿のお手紙たしかに落手した旨、お知らせいたします。〈管理者〉は地元の図書室での貴殿の仕事ぶりを覚えており、提携関係を再開することを楽しみに……」

急いで最後まで読んで思ったのは、いいまわしがいかにも奇妙ということだった。大事なことにはいっさい触れず、最後の文章には、遠くの私有地への長旅のことしか書かれていなかった。だが肝心なのは、わたしはそこへいくということだ——それだけははっきりしていた。そうでなければ、曖昧なほかの部分とは不可解なほど対照的な、細々した旅の詳細など書く必要はないはずだ。「提携関係を再開する」とは図書室での仕事のことを指しているのだろう、わたしはまた司書の仕事をすることになるのだろうと推測したものの、およそはっきりしているとはいいがたかった。給料のことも、いつから働くことになるのかもひとことも書かれていなかったし——

「どうでもいい」浮かれ気分でわたしは思った。興奮のあまり、それ以上、感情を抑えておくことができなかった。「そこへいくということ、そして彼がほんとうに友人だということ以外は、どうでもいいじゃないか！」

しかし一瞬のちには、その爽快な気分は、以前から感じていた漠然とした抑制的な力に圧倒されてしまった。まったく説明のつかないことのように思えたが、やがてこの話にはのらないほうがいいという考えが頭にこびりついて離れないのは、意識下の迷信じみた恐怖心のせいではないかと思い当たった。これまで何度も不運な目に遭ってきたせいで、よりしあわせな未来を心の奥底で期待することすら恐れているのにちがいない。いずれにしても、外界を排除してしまうほどわたしの心を占領していた問題の解決策として、これ以上のものは見当たらなかった。ここではたと我に返ったわたしは、不快な衝撃に見舞われた。

ほんの一瞬、〈管理者〉その人と顔をつきあわせたような気がしたのだ。その顔は、彼とおなじでありながら……どことはいえないもののちがっていて……なにやら悪夢のような手段であらゆる人間性を奪われているように見えた。そのときふと気づいた。わたしが相対しているのは、わたし自身がつくった天使の破損した顔だということに。とたんに、ふたたび高揚感が押しよせてきた。「よくも驚かせてくれたな」わたしはその像に向かっていった。「おまえなら、朝までにはは自分であたらしい顔を生やせるさ」現実には、破損を修理しないことなど考えもつかず、わたしは夜遅くまで黙々と仕事に励んだ。

そして厳しい目でためつすがめつした末に、ついにできることはすべてやり尽くしたと判断した。もう二度とここにこなくていいとは、なんとすばらしい！　暗いビルの外へと急ぎながら、わたしがいなくなったと知った経営者は怒り狂うことだろうと思うと、愉快でならなかった。こんどばかりは、卑劣で狭量な暴君も当然の報いを受けることになるのだ。しかしわたしはうれしくてうれしくて、恨みつらみなどどこへやら、ただただこの場所、そしてここに関わるものすべてを忘れてしまいたいと思うばかりだった。

持って出たのは絵の具箱だけだった。やむをえず生計を立てるようすがにする前は、快い余暇時間を長くともにすごした相手だ。これからまた余暇も楽しみもある生活にもどるのだ。わたしの精神は不意に大きくはずんで、いまの醜悪さとみすぼらしい貧しさから飛びだし、本来の居場所へともどったようだった。ひどく疲れていることも忘れて、わたしは楽天的だった若い頃そのままの軽快な足取りでうきうきと通りを進んでいった。夜も更けて通りは閑散としていたが、たとえ幸運児があふれていたとしても、そのなかのだれかと入れ替わりたいなどとは思わなかっただろう。

2

けっきょく、いちばん安い列車の切符しか買えないことがわかった。飛行機など問題外だった。そんなわけで運賃を払ってしまったら手元にはほんのわずかの現金しか残らなかったから、あちこちで列車を乗り換えるときには思い切ってポーターは使わず、この列車からあの列車へとスーツケースを引きずって移動することにした。スーツケースは持ち上げるたびに重くなるような気がして、長旅の疲れがたまるにつけ、荷物がひとつでよかったとつくづく思わずにはいられなかった。

ある駅で疲れた顔の旅行者たちに混じって立っていたときのこと、駅の明かりが突然灯ると、わたしの横にいた上品な身なりの中年女性が驚きの声をあげた。彼女の顔も、その連れの若い女性の顔もどことなく見覚えがあるような気がして、どこかでたまたま見かけたことでもあったのかといぶかしく思った。

夜の旅は、わたしにとってはいつも辛いものだった。しかも今回は健康状態が万全とはいえないうえに、オーバーワークがつづいて疲れていたし、興奮を抑えつけ、漠たる不安を抱えて精神的余裕もなく、これで百回めになろうかというスーツケースを引きずってのプラットホームへの移動など到底できそうにないと感じているところだったから、少し待つことになるといわれたときには、スーツケースをおろしていっとき休めるとありがたく思った。そのとき、走る足音がきこえたと思うと、やわらかくて大きなものがうしろから勢いよくぶつかってきた。ふりむいて相手を認めたとき、かすかな悪夢の感触を覚えた。そこにいたのは、ふたり連れの年配のほうの女性だった。

「あらあら、申し訳ありません」あわてたようすで彼女はすぐさましゃべりだした。「でもあなたが急にいってしまわれたから……わたし……わたしたち……わたしたちあなたを見失ってしまうんじゃないかと思って」

「見失う？　どういうことです？」わたしはたずねた。「どうしてわたしのあとをついてくるんです？」彼女が答える前に回りが動きだしたので、わたしもスーツケースを持ってまえに進まざるをえず、プラットホームに着く頃には疲れでぼうっとして、彼女のことなどほとんど忘れかけていた。ところが、こんどは若いほうの女が駆けよってきた。「母のこと、お気を悪くなさらないでくださいね……ご迷惑をおかけするつもりはなかったんです……」

そのとき、目に入るものすべてがわずかにゆがんで見えた。駅は巨大な鉄の怪物を祭った、照明のぎらつくカルト教団の神殿と化し、怪物どもは傲然と吠え、人間たちはその命におずおずと卑屈にしたがい、従順な群れとなって右往左往している。この悪魔的光景を背に、しっかり化粧した娘のステレオタイプの可愛い顔は、すぐに壊れてしまいそうな取るに足りないオモチャのような、派手で軽薄な、そしてなぜか哀れを誘う魅力をたたえていた。それでもわたしは不機嫌にこういいはなった。「きみは、きみたちは、いったいどういうつもりなんだ、人のあとをつけて、ぶつかってきて、かと思うと、気を悪くしないでくれとか……」そのときちょうど列車が入ってくるのが見えて、わたしはそちらに視線を据えた。彼女への意識が薄れはじめた頃、彼女の声がきこえてきた——

「どうしてそんなに迷惑がるのかしら？　ちょっとひとこと挨拶しただけなのに。わたしたちはね、あなたが旅慣れている方だと思ったんです。わたしたちだけでは心もとないと思っていたら、あなたがたずねていた行き先がわたしたちといっしょだったから、あなたのするとおりにしようと思って」

「わたしを無料ガイドにしようってことか？」近づいてくる列車に視線を据えたまま、わたしは機械的に答えていた。

「あら、いけません？　わたしたちがあとからついていかなくたって、行き先はきかなくちゃやならなかったわけでしょ?」

ませた小娘の鋭さに、一瞬、面白いと思いはした。だが、天井の高い駅舎の毒気を含んだ空気に怪物の咆哮のような汽笛や金属がぶつかりあう音が大きくこだまするなかでは、ひとつのことしか考えられなかった。巨大な機関車が間近に迫り、わたしたちの横にゆっくりすべりこんでくると、わたしは娘の存在など忘れてしまった。頭にあるのはただひとつ、混んだ列車で座席を見つけられるかどうか、そのことだけだった。足早に列車のほぼ端から端まで歩いて、いくらかすいている場所を見つけ、素早く席を確保したところで発車を告げるベルが鳴りだした。

ところが最後の瞬間、恐ろしいことにドアがもういちど開いて、あの歓迎すべからざるふたりが飛び込んできた。ポーターに押し込まれたにちがいない。鞄や小荷物類がばらばらと降りそそぐ。ガタンと動きだした刹那、光沢紙の雑誌がわたしの膝に落ちた。まるでそれが最後のひと藁だったかのように堪忍袋の緒が切れて、乗車待ちの列にもどれと念じながら、わたしはそれを投げ捨てた。あのときなぜあれほど激高して怒鳴ったりしたのか、いまだにわからないのだが、わたしは「頼むからほかのコンパートメントに移ってくれ、邪魔しないでくれ!」と叫んでいた。叫んだそばから、癇癪を起こしたことを恥じ、うろたえて、わたしに注がれる視線を避けるようにかがみこみ、座席の下でまるまっていた雑誌を拾うと、娘が金切り声でいいかえしてきた。

「わたしたちにだって、あなたとおなじようにここにいる権利があるわ！」

彼女がひと悶着起こすのではないか、ほかならぬ自分自身の無礼なふるまいが原因でややこしいことになるのではないかと恐れながら、わたしは身体を起こしてもごもごと謝罪の言葉を口にし、雑誌を差しだした。そしてそれと同時に、たとえほかの席が見つからないとしても、このまま旅の終わりまで仕返しの非難の言葉に耐えるよりはましだろうと判断して持ち物をまとめ、わたしがいないほうがいいだろうから、というようなことをつぶやいて立ち上がった。すると驚いたことに、娘はわたしを席に押しもどし、非の打ちどころのない明るい笑顔で、こういった。

「もう忘れましょう！　さっきはあなたが文句をいって、こんどはこちらが文句をいった――それでおしまい」

呆気にとられて、答えが思い浮かばなかった。それでも彼女はとても落ち着いたようすでわたしの隣に腰をおろし、バッグから鏡を出して顔をあらゆる角度からくまなくチェックしはじめた。そのあいだにわたしは徐々に平常心をとりもどし、もうあきらめてこの奇妙なふたりにつきあうことにしようと肚をきめた――どの道、ふたりがわたしにつきまとうのを防ぐことはできないのだから。

わたしの野蛮な行為を大目に見てくれた娘への感謝の念から、なんとか疲労感を克服して月並みな言葉をかけてみると、それをきっかけに彼女のおしゃべりは止め処なくつづいた。まさかとは思ったが、どうやらわたしのことが気に入ったようだった。あるいは話しかけるチャンスを窺っていたのかもしれない。しかしわたしは疲労困憊していて、彼女の好奇心に応える余裕はなかった。彼女の話についていくことすらおぼつかず、要するに美容師の競技会で優勝して国際コンテストへの出場権を獲得し、いまはそこへ向かう途中だということなのだが、話がやけに入り組んでいて、脈絡のない断片しか頭に入ってこなかった。ただぼんやりと気づいたのは、彼女の口調がしだいに明るさと自信を失っていったことで、彼女は陰鬱にこう締めくくった。「ああ、もう！　また家に帰りたくなってきちゃったわ！　こんな遠くまできたのははじめてなの……。最後の最後で失敗しちゃったら、どうしよう？　三週間もいなくちゃならないのに――」

悲しげで不安に満ちた声が疲労ゆえの感覚鈍麻を刺し貫き、わたしはかろうじて、「元気を出して！　なにもかもうまくいくよ。きみは必ず成功して、友だちもたくさんできる――」と、まるではじめて学校にいく子どもを励ますような言葉をかけた。

彼女を元気づけているうちに、自分の気持ちも上向いてくるのを感じた。三週間後に彼女が家に帰る頃には、わたしは新生活にもすっかりなじんで、ふたたび周囲に認められた、なんの不安もない日々を送っていることだろう。列車は轟音を立てて闇のなかを走りつづけ、年若い美容師が寝入ってしまってからもしばらくのあいだ、わたしは彼女の隣にすわったまま時がたつのも忘れて、想像の世界で、しあわせな未来の心地よい風景のなかを歩き回っていた。

そばを通る乗客がわたしの足につまずいたり、通りしな押されたり、ときおり眠りを妨げられながらも、わたしもようやく眠りに落ち、もうすぐ目的地に着くという娘の大声で起こされるまで眠りこけていた。苦労してどうにか目を覚ましたと思ったら、たちまち熱気と騒音に包まれて、頭がぼうっとしてしまった。立っている乗客が多すぎて外は見えなかったが、そのうち徐々に、旅立ったときの冬とはまるでちがう気候の土地にきたのだと気がついた——どうやらここは夏の盛りらしい。列車はすでにスピードを落としはじめていた。そして突然、通路沿いのドアが開き、満員の寝ている乗客たちが醸しだす、重い、すえた空気のなかに、着いたばかりの街の潑剌とした空気がなだれこんできた。ポーターがひとりあらわれて、ものすごいスピードでコンパートメントの荷物をかき集め、持てないものは窓から外へ投げだしていった。わたしのスーツケースもそのなかにあった。これが最後のひと押しになって、ようやくはっきり目が覚めた。こんなに遠くまで、あれほど苦労して引きずってきたもののことが気になって、わたしは勢いよく立ち上がり、人を押しのけるようにして通路に出た。

髪はぼさぼさだし、だらしない恰好であることは痛いほど自覚していたが、だからといって白い毛皮でよくなるものでもないのに、毛皮の持ち主は、わたしが列車を降りたとたん、「ちょっと持っててくださいます?」というひとことを残してわたしに毛皮を押しつけ、人込みに消えてしまった。文句をいう暇もなかった。

彼女のことなどすぐに忘れて、ふたたび夢の名残りにからめとられ、まだ半分、眠りのなかにいるような気分でいると、わたしを迎えにきた代理人とおぼしき人物が目に入った。素っ裸で、あるいはいちばんみっともない恰好で公衆の目にさらされる状況に陥った夢を見ることがあるが、まさにその場面が再現されたような気がした。だが、近づいてくるのはあきらかに現実世界の人間たちで、プラットホームに山積みになった荷物を集めようとしている乗客たちをはなはだしく邪魔する形になっていた。

太陽が雲ひとつない空から照りつけている。がそのとき、強烈な陽光がウィンクしたかのように、白昼の面《おもて》に奇妙なちらつきが走った。と同時に、撮影用具一式を持った報道カメラマンたちの姿とわたしのスーツケースが目に入った。少しずつ形を変えていく荷物の山のなかのスーツケースに向かって突進したが、毛皮のコートを抱えていたせいで、とりもどすのに少し手間取ってしまった。つぎに顔を上げると、カメラマンたちは、公職の象徴を身につけた名士たちと横断幕を掲げる子どもたちの位置ぎめをしていた。横断幕には〝歓迎ミス美容師〟と書かれていて、そのうしろには列車の旅の道連れがいた。彼女はちゃんと気温の変化に対応できるよう考えていたのだ、とわたしは気づいた。いまや彼女は軽やかなサマードレス姿で奇跡的なほど涼しげに、生きいきと、居並ぶカメラに向かって微笑んでいた。

これで、あれだけの人間がいるわけがわかった。みな彼女の来訪を祝して、ここに集まってきたのだ。もちろん、かれらがわたしを出迎えにきたなどと本気で思ったわけではない。そんなことは一瞬たりと思わなかったが、それでもほんの少し屈辱を感じて、突然、この状況から逃げだしたくなってしまった。母親のでっぷりした姿が目に入ったので、コートを母親に押しつけて足早にその場を離れると、わたしを一行のひとりと思った記者が、もう一枚写真を撮るから入ってほしいといって追いかけてきた。

わたしは手洗い所に飛び込んで、記者から逃れた。だが、手を洗いたくてしかたなかったにもかかわらず、迎えの人間を見逃したらどうしようという不安が先に立って、そこには一分といられなかった。ところが手洗い所から出てみると、それらしき人間などいないことはすぐにわかった。ほんの少しその場を離れた隙に駅からはきれいさっぱり人影が消えて、陽光のなかにがらんとしたプラットホームが横たわっているだけだった。きらきら輝く線路が一点に交わる彼方の羽毛のような薄れゆく煙が、列車が駅を出ていったことを示す唯一のしるしだ。そして駅の外は陽光が一面にふりそそぐばかりでやはり人影はなく、ただ遠くに街中へと消えていく行列の尻尾が見えるだけだった。横断幕が風船のようにひょこひょこ上下していたが、不意にそれも消えてしまった――わたしはたったひとりその場に取り残されていた。

ぺちゃくちゃ、ガタガタと騒々しい旅のあとで、こんどは静寂が飛びかかってきた。プラットホームの奥にある埃まみれの木々の葉が風にさやさやと鳴る音がきこえるし、計り知れぬほど遠くから街のざわめきらしきものがきこえてくる。不意に、あの秘密の夢のレベルで、物事がそれまでとはちがう様相を呈しはじめて、列車や人々だけでなくあらゆるものに――人生そのものに――置き去りにされてしまったような気分になり、不安がこみあげてきた。陽に晒されて白くなった建物も、乾燥しきったライオン色の燃えるような陽光が満ちた空間も、悪夢の前兆のような、不気味で不可解な空気を帯びている。それでもわたしは昼間の世界のこともちゃんと意識していて、こんなふうにふたつの現実が同時に存在することにひどく面食らっていた。働き、眠り、食べ、といった日常生活は否応なくつづいていくので、わたしはもうひとつの夢の世界を、日常にさしはさまれるエピソードのようなもの、いわゆる現実が不在のときにのみ出現するものと考えるようになっていた――夢の世界が現実なのか、日常の避けがたい事実が現実なのか。とはいえ現にふたついっしょに存在しているわけで……。

そわそわと落ち着きなく駅前をうろつくうちに道路に突き出た塀を通りすぎると、大きな縞柄の日傘が目に入った。陽光で色褪せた日傘の下では花売りの女が露店を開いていた。太陽が照りつける廃墟にいる人間は女とわたしだけだ。不意になにかのはずみで彼女が微笑んだような気がして、わたしは道路を横切って彼女のもとにいき、〈管理者〉のところの人間を見かけなかったかとたずねた。

「見てないね」まるできかれるのを予期していたかのように、間髪入れず冷静な答えが返ってきた。「きょうは、あそこの人はだれもきてない」

女の確信に満ちた口ぶりがなぜわたしを動揺させたのか、わたしにはわからなかった。わたしはごくふつうのコンクリートの路面に神経を集中させようとした。が、隠れているものが執拗に顔を上げて立ちあらわれようとする気配に、またあの二重の現実を示唆されて、わけがわからなくなってしまった。なにもかもがべつのことを意味しているように思えるのだが、疲労し混乱した頭ではどちらの意味が現実なのか判断がつかなかった。

「どうしてそんなにはっきりいえるんだ?」女の単純で明快なものの見方をうらやみながらそうたずねると、女はなんの躊躇もなく答えた。「あたりまえさ。この街のもんはだれだって、〈鷲の巣〉のもんの顔、ぜんぶわかるんだから」

「〈鷲の巣〉……そう呼ばれているのか……」自分では気がつかなかったが、声に出していっていたようだ。最初からわたしのことを面白いやつと思っていたらしい花売りが、いきなり大声で笑いだした。「あんた、そんなことも知らないなんて、よっぽど辺鄙なところからきたにちがいないね」そういわれても不愉快ではなかった。ただ洗練された上品な会話術など教わったことがない、甘やかしとは無縁で生きてきた田舎者の率直さを感じただけだった。悪意はないとわかっていたものの、そのまっすぐな眼差しには人をたじろがせるものがあった。女の率直なものいいを真似ようとしたが、あまりうまくいかなかった。「ああ、ここにははじめてきたんだ。だれか迎えにきてくれるんじゃないかと思ったんだが……〈鷲の巣〉へは、ひとりでいくしかなさそうだ――どういけばいいか、教えてもらえるかな?」

「ああ、簡単。あそこへはタクシーでいくしかないよ」鋭い一瞥をくれて、女はいい添えた。

「けど、あんた、ミス美容師といっしょにきたんじゃなかったの?」

「ああ、もちろんおなじ列車できたけど」と答えて、遅まきながら疑問に思い、こうたずねた。

「どうして美容師の女の子と関係があると思ったのかな?」

反応の遅さが危険を知らせるサインだった。いつのまにか状況把握がままならなくなってきていた。もう脳はわたしの思いどおりにならない。疲れで働きが鈍っているのに加えて、見るものすべてが奇異に感じられて、混乱しっぱなしなのだ。

女がしゃべっていた。まるで遠くからきこえてくるようだった。「ここにすわってると、駅のようすはぜんぶ目に入っちゃうからね」必死になって神経を集中させようと、きつく拳を握ると、手がじっとり汗ばんでいて、ぎょっとした。しかしいくら必死になっても、わたしが望み、意図したものとは逆の結果しか生まれなかった。あたりの風景が大きな燃え立つ円を描いてぐるんぐるんと回転しはじめた。中心にいるのは花売りだ。彼女の褐色の顔は、歯磨きの広告さながら目が眩むほど白い歯の列でふたつに分断されている。写真撮影の場から逃げたかったのとおなじように、こんどは――さっきよりずっと切実に――この駅前のこの場所から逃げだしたくてしかたなかった。ここは、強烈な色と香りの花々のせいで熱気が凝縮され、強まっている気がした……急に気分が悪くなって眩暈に襲われたのはそのせいにちがいないとわたしは断じた。頭がぼんやりして、考えが支離滅裂なのもそのせいだ。自分がなにをしているのかもよくわからぬまま、わたしはポケットから細々したものをわしづかみにして取りだし、残っていた数少ない硬貨のなかから一枚を選んで露店の台の端に置いた。

「ほらほら、気をつけないと落っことすよ！」

女の大声で、わたしは自分がいかにいい加減に持ち物をポケットに詰め込もうとしていたかに気づいた。一瞬、目の端でなにか白いものがひらひらと宙を舞うのが見えたような気がした。が、世界はまだ不安定で、わたしの周囲を回り、ゆらぎ、のたうちつづけている。わたしは、なにもなくなっていないようだから、いまの白い物体はわたしの想像の産物にちがいない、もうどこを見てもそんなものは見えない、と結論した――いずれにせよ、「ほら、タクシーがきたよ！」という声に動揺して、そんなもののことなどきれいさっぱり忘れてしまった。

たちまち我慢がきかなくなって、とにかくここから離れたいと、それしか考えられなくなっていた。あたりの風景もいまは落ち着いてくれているので、わたしは彼方から駅に近づいてくる車めざして歩きだした。

「ちょっと待って！　なにをそんなに急いでるの？」花売りがからかうようにいった。「〈鷲の巣〉に翼はないんだから――飛んできゃしないよ！」女は立ち上がると、わたしの真正面に立って行く手をふさぎ、花を押しつけようとした。金をもらったんだからというので、しかたなく、あの金は親切にしてもらった礼だと説明した。「でも、ボタンホールくらいあるだろ？」女は譲らず、大きく開いた白薔薇を一輪、ラペルにさして留めつけている。これではまるで田舎の結婚式に呼ばれた客だ。

が、そんなことはどうでもよかった。わたしは不安で胸がいっぱいで、女がしていることなどうわのそらだった。木の下を走ってくるあのタクシーをつかまえないと、なにか名状しがたい災難に見舞われそうな気がしてならなかった。恐ろしいことに、さっきまで人っ子ひとりいなかった陽の照りつける空間をグレーの服を着た女が歩いている。あの女が先にタクシーをつかまえてしまったら？

花売りはまだ、わたしが動けないようわたしにへばりついてラペルをいじっている。だがもう黙って引き止められるがままになっていることはできなかった。なんとしてもタクシーをつかまえなければという強迫観念に憑りつかれ、それ以外のことはなにもかも忘れて、わたしは女の腰に手をやり、石膏の像を動かすのとおなじ機械的動作でひょいと横にどかすと、そんな軽々なあしらいに女がどう反応したか見ることもなくスーツケースをつかんで駆けだし、「タクシー！」と叫びながら、あいたほうの手を激しくふって突き進んでいった。一歩踏みだすごとにスーツケースが足に当たった。

グレーの服の女は蒸発してしまったようだった。もうその姿が目の端にちらつくこともなかったし、息せき切って汗だくでタクシーまでたどりついても、女などどこにも見当たらなかった。スーツケースをほうりこみ、そのあとから座席に倒れ込むと、わたしは「〈鷲の巣〉！」と叫んだ。最後の息を吐きだしてしまったような気がした。

3

タクシーが動きだした。

手足をのばして座席にだらしなくもたれかかっていると、運転手がうしろに手をのばして、わたしがきちんと閉めていなかったドアをバタンと閉めなおした。わたしは半分死んだような状態だったが、運転手がバックミラーでこっちを見ているのに気づき、おかしなやつと思われたくなくて、どうにか重い身体を起こし、いくらかましな姿勢をとった。それから何分かすると、あたりのようすに気を配れる程度に回復したのだが、いざ外を見てみると息を呑むような奇観が目に飛びこんできて、たちまち疲れが吹き飛んでしまった。

街はすでに遥か後方に遠のき、目のまえにはこれまでわたしが見たことのあるどんな景色とも似ても似つかない、岩と山が織りなす荒涼とした太古を思わせる未開の原野がひろがっていた。道路は山麓の丘陵地帯にさしかかり、ずっと先に目をやると、ごつごつした岩山が連なる寂寞とした風景のなかを縫うようにしてカーヴを繰り返し、どこまでも登っていくさまが見てとれた。そそり立つ岩山はどれも信じられないほど異様な形をしていて、一様に、燃え立つ太陽の猛々しいライオン色に焼け焦げている。なにもかもが乾き切り、非人間的で、巨大で、原初的で、長い寿命を持つ惑星の幼年期の一風景のようだった。陽炎が薄れたかわりに、こんどはチカチカした電気的なちらつきが遠近感をゆがめ、目に錯覚を起こさせて、距離の判断がつかない。

手をのばせば火山性の丘陵にさわれそうな気がした。丘陵はちらつく光輝から島のようにぬっと突きだしていて、まばゆい透明な光のなかに浮かぶ蜃気楼のようだった。その向こうには、ただ山々が見えるだけ。どの山も輪郭がくっきりとしていて殺風景だ。てっぺんが平らで直線的、殺伐とした色合いで奥行に欠け、まるでコバルト色の空に描かれた書割のようだ。幾重にもかさなって連なるさまは、摩天楼が林立する大都会のようでもあり、巨大な棺が立ち並ぶ奇怪な墓地のようでもある。このおなじ形をした角張った山々には、わたしが知っている雪を頂いた山々の壮麗さとはまったくちがう、ぎょっとするほど異質ななにかがあり、見たところ命や魂を宿しているとは到底、思えなかった。峰が無限に連なってのびひろがっていくさまは圧倒的で印象深いが、なぜか背筋が寒くなる。命なき岩が醸す恐怖。

前景にあるのも岩ばかりだ。巨礫が無秩序に積み重なって、ありとあらゆる想像しうる形、想像を絶する形を生みだしている。グロテスクなもの、卑猥なもの、身の毛もよだつ恐ろしいもの、狂気に満ちたものが織りなす混沌。疲れ切ったわたしに恐ろしいほどの影響をおよぼしそうな常軌を逸した彫刻の展覧会。命なき岩たちの尋常ならざる奇怪な心掻き乱すさまに視線をはねかえされて、じっと見ていることすらできなかった。

その日のわたしの精神状態は、たしかにあまりよいとはいえなかった。それまでどれくらい旅してきたのか、何時間なのか何日間なのか何週間なのかもわからず、旅の終わりに出会ったこの驚異的な光景を目のまえにして、こなければよかったとすら思いはじめていた。ここは鷲たちの住むところだ。人間の住むところではない。〈管理者〉の先祖はいったいなにに惹かれて、こんな岩だらけの荒野に落ち着いたのだろう。いくら強靭な生き物でも、ここに住むのは厳しいだろう。現に鳥一羽、獣一匹、見かけない。黒っぽい低木の茂みがいくつか岩屑の上にあぶなっかしくしがみついているものの、あとは見たことのない白い葉をつけた、この土地固有の種とおぼしき木がときおりぽつんぽつんと生えているだけだ。亡霊のように立つその木は、不自然な白さが木の骸骨を思わせ、岩だらけの荒涼とした風景の底にひそむ死のイメージを連想させるのに一役買っている。わたしはそれ以上見ていたくなくて目を閉じ、タクシーの片隅にぐったりともたれかかった。

ところが、それからまもなく車が急カーヴを切って座席から転げ落ちそうになると同時に、ふたたび外の光景に注意を払わざるをえなくなった。あたらしい蜃気楼が出現したようなのだ。かつらをかぶった判事のような形の七つの峰が空に鎮座し、深緑のビロードの法服がひだをなして足元までつづいている。青々とした牧草地、果樹園、農場、そして葡萄畑。この岩だらけの荒地には存在しえないエデンの園だった。

草木ひとつ生えていない剝きだしの箱のような山々やゆがんだ岩の群れを思えば、この緑ゆたかな光景はめざましい改善といえる。しかし、そのどちらかは幻影にちがいない――ふたつが同時に現実ということはありえない。わたしはじっと外を見つめて、緑のひろがりが消えるのを待った。が、一向に消える気配はなく、頭が混乱してきてしまった。わたしの当惑をよそに、判事のような高峰はあたりの景観にのしかかるように存在しつづけている。そのうちにタクシーは角を曲がって私道らしき道に入っていった。このうえなく生気にあふれた、背の高い、枝葉を大きくひろげた木々で縁どられた車道だ。濃い緑の葉叢は車道をひんやりとした薄暗いトンネルに変え、気温が下がったせいでわたしも気分がよくなって、この心地よい環境は現実なのだという確信が徐々に深まっていった。

木々の幹のあいだにオリーヴや柑橘類の果樹園が見え隠れしていたと思うと、やがて庭園があらわれた。えもいわれぬ色とりどりの花の大きな堤で巧みにレイアウトされた、これまで見たこともない庭園だ。肌の黒い農民が大勢、働いている。だが、そうした人間たちよりも重要で印象深いものに思えたのは、水がふんだんに使われていることだった。どこを見ても水が目につく。四方を焼け焦げた荒地に囲まれているせいだろう、水が神秘性を帯びているような気がした。ただ受動的に周囲を映しだすのではなく、それ自体が強い生命力を宿しているように思える。

「さあ、どうです、これ?」運転手に声をかけられて、わたしはとりとめのない物思いから、はっと現実に引きもどされた。「すばらしい」というわたしの答えでは満足できなかったと見えて、運転手は先をつづけた。「ここの庭園は世界的に有名でね――みんな何千マイルも遠くから見にくるんですよ……」さもありなん、と思ったが、口には出さなかった。ひとつには、人に邪魔されずにわたし自身の印象を頭に刻んでおきたかったから。またひとつには、耐えがたいほど甘い香りの波が押しよせてきて、急に頭が重だるくなってしまったからだ――車はちょうど蔓性の植物に覆われた塀にさしかかったところで、香りの元はみっしりと咲き誇るこの白いビロードのようなラッパ形の花にちがいない、とわたしは思った。

タクシーがまた角を曲がって芳香が背後に去り、ほっとしていると、こんどは正面に、背後の山から切り離されたとおぼしき、要塞のような巨大な岩の塊がぬっと姿をあらわした。これはこの地域の奇妙な石像まがいとはまったくのべつものだ、という考えはちらりとも浮かばなかったのに、タクシー運転手は「〈鷲の巣〉!」と告げてその正面に車を止めた。

それでもまだわたしは、目的地に着いたとは信じられず、しばしのあいだ、少し熱があるにちがいない、だからきょうの出来事は端から、まるでありそうもないことのような気がするのだろうと思っていた。不可思議のレベルと日常のレベルとが混ざりあって、奇妙な夢のような雰囲気をつくりだしているのだ。そしてこの要塞のような生きた岩の異常増殖物は驚きの連続のドライヴの最後に登場した、ありえぬものの最高峰にすぎないのだ。よく見ると、洞窟の入り口のように見えていた暗い穴の奥のほうにドアがあった――ということは、これはほんとうに人間がつくったものということか……。それでもまだ疑いの眼差しで暗い入口を見つめながら、わたしはつぶやいた。「じゃあ、ほんとうに着いたんだ……」肚の底では着くとは思っていなかったのかといわれそうないいぐさだ。

ここが夢にまで見たしあわせを見つけられるはずの場所。ところが、到着したという事実だけを残して、夢はかすみ、遠ざかってしまった。「なんのつながりもないじゃないか」熱を遮る巨大な岩の砕片をしげしげと眺めながら、わたしは思った――あんなものからどうやったらしあわせが得られるというんだ？　得られたのは、錯視ともとれる、奇妙な一瞬の平衡感覚の狂いだった。世界が斜面の上にあり、なにもかもがすっと滑ってわたしから少し遠ざかる感覚。そしてあらたに生じた基軸上になにかネガティブなものが姿をあらわし、わたしのほうへふわりと漂ってきた……影か、それともわたしを咎めつづけてきた不幸の吐息か。もう夢が叶うことはないだろう。ここでも、どこにいっても。とそのとき、世界が水平にもどった。なにが起きていたのか定かでなかった……そもそもなにか起きていたのかどうかも。

タクシーを降りて、運転手がのばしてきた手に硬貨を慎重に数えながらのせていくと、ありがたいことに料金は所持金ぴったりの額だった。払いおえて一歩下がり、手がひっこんで車が動きだすのを待ったが、手はひっこまず、車も動きださない。かわりに耳ざわりな声がきこえた。

「チップは?」

ぎくりとした。無愛想な声に驚いたからというより、チップのことをまるで考えていなかった自分に驚いていた。いまのいままでまともに見ていなかった運転手の顔をちらりと見て、ますます面食らってしまった。長いもじゃもじゃの髭を生やした、芝居に出てくる山賊そのものの顔だ。あまりにも芝居がかっているので、なんだかどぎまぎして、あわてて目をそらせてしまった。いくらなんでもこれは想像できなかった。時間稼ぎに、あちこち空のポケットをゆっくりていねいに探るふりをしたあげくに、最後のポケットを裏返して見せて、わたしはいった。「残念ながら、チップは払えないな。運が悪かったと思ってくれ。ご覧のとおり、空っけつなんで……」うっすら笑みさえ浮かべて、気取らずにすらすらいってのけたのは、じつはどうしていいかわからず、自然な感じにふるまっても、ほかの態度をとっても、どうせおなじだろうと思ったからだった。

それにしても暑い！　おまけに気まぐれなそよ風にのって濃厚な香りが漂ってきた……その香りを嗅いだとたん、風に吹かれたベールに意識の表面をなでられたような気がした。「またあの白い花だな……」と思いながら、軽い驚きを覚えつつタクシー運転手の髭をじっと見ていると、その髭が蛸の蝕腕のようにくねりはじめた。はっとして気がついた。これは軽い眩暈が引き起こした現象だ……あたりに漂う鼻につく甘ったるい香りを一陣の風が追い散らしてくれさえすれば……まるで麻酔のような強烈な香り……ずっしりとした倦怠感がひろがってゆく。けだるさに耐えきれず、足が萎えてスーツケースにすわりこんでしまった。頭ががっくりと垂れ、両手で支えた。が、意識が完全に失われてしまったわけではなかった。

どこかずっと上のほうから、ラッパを吹き鳴らすような大声がきこえてきた……まだ〈鷲の巣〉の入り口とタクシーのあいだにいることはわかっていた……タクシーの運転手が、戸口にあらわれた執事の黒服を着た男と話している。きこえてきたのは、「――まるで警察に追われてるみたいに取り乱して、ここへいけといわれてね」というくだりだった。

「ならばこのままこの男を乗せて引き返してくれてかまわないので」背の高い横柄な男は気取っ

た話しぶりで皮肉たっぷりにそういうと、ドアを閉じてわたしたちふたりを締めだそうとするかのような動きを見せた。それを見た運転手は凄まじい剣幕で抗議した。曰く、おれは貧乏なんだから、人を乗せて田舎道を走って一銭ももらわないなんて酔狂なまねをしている余裕はないし、こいつは十中八九、危険な犯罪者だろうから、おれは喉を掻き切られて溝に捨てられてお陀仏、こいつはおれの車でとんずらして、つぎつぎに罪を犯すなんてことにもなりかねない。

「さほど危険な人物には見えないがね」執事がそっけなくいった。それからすぐに肩に手が置かれるのを感じて、やっと手助けしてもらえると、期待を込めて顔を上げた。ところが、ちょっと引っ張りあげられたと思うと、いきなり手を離されて、またもとの位置にへたりこんでしまった。「見てのとおりだ……ワラジムシみたいにへなへなだよ……」いかにも侮蔑的な言葉に、わたしは絶望するしかなかった……まんまとこのふたりの悪漢の手に落ちてしまったというわけか……無力感がひろがっていった。悪い夢のなかにいるようだった。

タクシー運転手が同意しかけている。〝もちろん料金は払うので、〈管理者〉に不快な思いをさせないために〟わたしを乗せて街にもどる、という話だ。それをきいた刹那、たまさか無臭のひんやりとした風が吹いてきて、わたしは生き返った。じっとり汗ばんだ額から髪をかきあげて、わたしは背筋をのばした。いったいどうしたというんだ？　戦いもせずに屈服してしまうほど、頭がいうことをきかなくなってしまったのか？　また髭が目に入った。芝居の小道具の箱から出してきたような髭――このとんでもないふたり組に、ペテン師めいた三文役者と気取った制服姿の使用人風情に、あっさりやられてしまっていいのか？

「手紙がある！」わたしが突然、大声ではっきりと叫ぶと、ふたりは驚いてわたしを見た。わたしにはここにいる権利がある。そう証明できることを不意に思い出して、わたしはふたたびポケットを順番に探っていった。これでいっきに形勢逆転だ……「秘書の手紙がある……ここへくるようにと書いてある手紙が……どこかに入っているんだ……」これをきいた執事が狼狽するのを見て、わたしは満足感を覚えた。しかし、優位な状況は長くはつづかなかった。また眩暈が襲ってきて……なにもかもが遠のいていき……暗くなり……頭のなかではガタンゴトン、ガタンゴトンという音がたえまなく響いて、まだ列車の車輪が脳天のまわりで回転しているような気がした。遠のいていく意識をなんとか引き止めようと、見上げた先にある黒服の人影に目をこらすと……その人影は溶けてまたべつの黒服の人影に変わった……以前、敵意ある権威の代理人としてわたしに相対した、あの人影に。

これまであの黒い長服姿の聖堂番の姿をはっきりと思い出したことはなかったが、いまやわたしはあの遥か彼方の修道院へ、そしてとうとう見ることのなかった天使たちの顔へと引きもどされ……香の煙が重くたちこめる闇のなか、天使たちの顔はみなすぐそばにあるようで……まだ見えはしないものの、手をのばせば届きそうなところにあって、わたしがその気になれば開けられるドアの外で待っているかのようだった。が、同時に、おぼろな意識状態にあるとはいえ、〈鷲の巣〉から受けた奇妙で強烈な印象は依然として消えずに残っていた。しだいに薄くなってゆく夜の網の向こうに、なにかの砕片のような塊がぬっと姿をあらわすのが見え、それが大きくなり、ゆがんで、その肩の上にかがみこむ巨大な判事のような山々とおなじサイズにまでふくらんだ。闇が追い散らされてゆく……が、現実の輪郭はしだいにくっきりとしてきているのに、見えない顔たち、というより、ある特定のひとつの顔がすぐそばにあるという感覚の現実感はいっこうに薄れなかった。天使のような訪問者の存在はわたしにとってはいかにも真に迫ったものだったので、陽光やしっかりとした世界の輪郭が見え、ついには頭上に突然その顔貌があらわれるのが見えても、ほとんど驚きはしなかった……信じられないほどすばらしい、しかしどこか見覚えのある顔、なかば透きとおっていて、その背後から厳粛な、この世ならぬ光が射し込んでくる……久遠の光輝とおぼしき光が。

わたしは「思い出した……」とつぶやいた。が、じつをいえば前に見たものを正確に思い出したわけではなかった。それは、少しのあいだ視界から消えていた天使がいまドアを開けて、わたしの認識そのままの姿で記憶のなかからよみがえってきた、というふうだった。だが……そこには天使がいた……そして日常の世界があった……そしてわたしは、これはあるべき姿ではないとぼんやり感じていた。片方が、もう片方とおなじくらい現実味を帯びているのはおかしいと。わたしの視線は天界の光輝からぎらつく陽光へと移り……岩を、木の葉を見つめ、人影を見つめ、タクシーを見つめ、屋敷を見つめ……具象世界のレベルにあってわたしを取り囲んでいる昼の世界のことどもをじろじろと眺め回して、わたしの夢に訪れる光り輝く客の、あの理に合わぬ、見まちがいようのない顔をむなしく探し求めていた——と、突然、つながりが見え、なにもかもがぴたりと合致して、あるべき場所に見事にするりとおさまった。この瞬間、この特異な精神状態において、わたしはある途方もない真実に気づいたような気がした。とはいえ、ほかの状況やべつのときでもおなじように思えたのかどうか、当時ですら定かではなかったが。とにかくそのときは、「かれらはひとつなのだ……」という言葉であらゆることの説明がついたように思えた。友であり支援者である人物が、陽光よりもまばゆい天界の光輝に包まれてそこに立っているのを見ながら、わたしはえもいわれぬ幸福感の波が押しよせてくるのを感じていた。たしかにあの人だと確信していたので、驚きもなかったし、最初からわかっていたことだという気さえした。わかっていたのに、一時的に近づけずにいた、それだけのことだったのだ。

いま見ている光景以外のものとは、いっさいかかわりたくなかった。わたしは恍惚となり、幸福感に満たされて、この支援者と天界からの客とが不可思議に混ざりあった存在を見つめていた……すべての夢のヒーローたちがひとつのまばゆく輝く人物像に具象化した、その姿に目を奪われていた。ところがそこに物質世界のレベルから邪魔が入ってきて、わたしにはそれを排除することができなかった。それはどんどん強引な有無をいわせぬものになり……わたしは、わたしにはなんの関係もない些事に注意を向けざるをえなくなっていた。わたしは心ならずも、執事がかがみこんで地面からわたしのコートを拾いあげるのを意識した。コートは地面に落ちていたようで、執事は土を払おうとしているのか、ときおりコートをゆすったり叩いたりしながら、主人に話しかけている。執事が属している世界を見れば見るほど、天使は見えなくなっていく……その人物の奥へ奥へと退いていくかのようだ……そしてついにまったく見えなくなってしまった。もはやその内側の存在を示す証は、恐ろしいほどの輝きを放つ目だけになっている。

だがその輝きは、いったんわたしに向けられると、まるで何にせよ確たるものとわたしとのあいだから投じられた探照灯の光線さながら、わたしの目を眩ませる効果を発揮した。元雇用主の人当たりのよい細面の顔になにを見たのか、なにを見ようとしていたのか、もうわからなくなってしまった。わたしはどうしてこんなところにすわりこんで、ばかみたいにぽかんと口を開けて彼に見惚れているのだろう？　なにかいおう、立ち上がろう、ともがいたが、いくらもがいてもどうにもならず、あきらめるしかなかった。遥か彼方から届いてくるような声がきこえてきた。ききおぼえのある声だった。その声が権威に満ちた鋭い口調で執事の話を遮った――

「そんなことはいまはどうでもいい。彼をなかへ入れてやりなさい」

〈管理者〉の長身が、波にもまれる帆船のマストのように、空を背景に揺れていた。わたしはなすすべもなく黙したまま、お抱え運転手の帽子をかぶった電信柱が近づいてくるのを見つめていた。こんな無様な恰好であたらしい人生に踏みだすことになるのか、と思いつつ、わたしは執事とお抱え運転手に両脇から麻袋のように抱えあげられた。ボタンホールにはグロテスクな白い薔薇がささったままだ。花びらは半分、落ちてしまっている。

ずいぶんと滑稽な姿に見えているだろうということはぼんやり意識していたから、恥ずかしいと感じてしかるべきだとは思っていた。だが精も根も尽き果てていたわたしは、それ以上なにを感じることも考えることもできなかった。わたしは左右から支えてくれる力強い腕にすべてをゆだねて暗いポーチの奥へと導かれながら、〈管理者〉の寛大な声をきいていた――「なかに入りたまえ、あまり人には見せられない恰好だぞ、いまのきみは」

4

弱さは恥辱感をただ先送りしただけで、長い眠りから覚めるや否や、わたしは不面目なことをしてしまったという思いに打ちのめされた。あたらしい仕事、あたらしい人生への第一歩だったのに、なんとひどいスタートを切ってしまったのか。それが目覚めた瞬間に頭に浮かんだことだった。すべてなかったことにできたら……あのときにもどって、やりなおせたら……。だが、何時間もぐっすりと眠ったおかげでしっかりと良識が働き、わたしはすでに起きてしまって変えようのないことをあれこれ思い悩んで労力を費やすのはむだなことだと自分にいいきかせた。

起き上がってあたりを見回して驚いた。なんと大きな、豪勢な部屋。しつらえのどれひとつをとってみても、ここはこの邸宅の主寝室のひとつで大事な客を泊めるための部屋であることを示している――どう見ても、一介の司書が使うには上等にすぎる。ここまで立派だと、どうしてもいくらか落ち着かない気分になってしまう。しかしわたしは使用人たちが最初にいきついた部屋に入れただけのことだろうと自分にいいきかせ、それで納得したふりをして気分を切り替え、窓の外に目をやった。わたしの位置から見えるのは庭園の斜面の上のほうで、夕暮れのやわらかな日差しのなか、回転する散水器が花や草木に煌めく水滴を浴びせかけている。

つまり日中ずっと寝ていたということだ……これもまた、いささか心を掻き乱す事実だった。ところがそんな思いもすぐにどこかへいってしまった。不意に空腹感を覚えたのだ。とたんにベッドサイドのトレイが目に入った。サンドイッチとコーヒーの入った魔法瓶がのっている。富や贅沢とは長いことご無沙汰だったものだから、そういうことはたいてい使用人がきまりきった仕事としてやっているだけだということも頭に浮かばず、これは〈管理者〉がわたしの安寧に個人的に気を配ってくれている証拠だと思い込んで、彼への感謝と強い愛情以外のものはすべてどこかに吹き飛んでしまった。熱烈な忠誠心が湧き上がってきて、わたしは最愛の支援者に、わたしのこれからの全人生を捧げようと決意した。彼にはすでに、とても返しきれないほどの恩を受けているのだから。あの陰のレベルで体験した出来事の詳細ははっきりとは覚えていなかったし、奇妙な視覚の二重性のこともあまり思い出せなかったが、いまは深く感動している。そして、わたしは正しいことをしているという、特別な感慨を覚えていた——はじめからたどっていてしかるべきだった道をやっと歩きだせたような気分だった。この感覚は、なんの理屈も考えずに受け入れることができた。なぜなら、理屈など必要ないからだ。そこには絶対的な確信とともに爽快感という要素も含まれていた。サンドイッチを食べているあいだずっと、魔法の翼がわたしを高揚させ、かつ守ってくれているような気分だった。しかしこのえもいわれぬくつろいだ気分は、最後のひと口をほおばると同時に終焉を告げてしまった。そして空になったカップを置いたとたん、魔法の翼は音もなく飛び去っていった。

広々とした華麗な部屋はしんと静まりかえり、なにか行動を起こすべきときが近づいてくるのがひしひしと感じられた。わたしはドアを見つめた。そのドアには、いかにもあてにならない不確実なものに通じていそうな気配が漂っていた。そんなものを探求する気になどなれない。未知の館の奥へと踏み込むのはどうしても気が進まなかったので、そのときを少しでも遅らせるために、窓辺に立って外を眺めてみた。

ちょうど夕陽が沈もうとしていた。が、斜めに射す光線はまだ庭園の高台を黄金色に輝かせ、飛び散る水を叩いて虹を出し、すでに下のほうの斜面を覆っている深い闇を焼き貫いていくつもの穴を開けている。その光景の美しさには、だれしも目を奪われる。が、その衝撃はかならずしも快いものとはいいきれなかった。魅せられると同時にどこか認めがたいものがあると感じてしまうのだ。窓から見下ろしていると、なにか夢のような非現実的な、信じがたいものを見ている気がしてしまう。簡単に悪夢に転じてしまいそうな夢を見ている気がする。言葉ではいいあらわせないほど美しい。なのにその全き静けさには、どこかよそよそしい、不穏なものを――そしてどことなく不吉なものすら——感じる。その静けさには、あの山の風景ににじみでていた生気のなさに通じるものがあった。わたしの目は水に引きよせられた。ほかに生命を感じられるものがないからだ。鳥の囀りも人の声もきこえない。ただ水が刻々とうつろうパターンを空疎な宙に描きながら、たえまなくささやいているだけだ。不意に、なにか死んだものを見ているという思いが湧き上がってきた——沈みゆく陽の光を防腐保存液がわりに、完璧な姿で埋葬されつつあるものを見ているという思いが。そこで農民が働いているのを見た記憶はあるのに、心のなかでどう思い描いても、その姿は浮かんでこない。この風景の過剰なまでの完璧さにはどこか不毛なものが感じられて、そこで笑ったりしゃべったり花を摘んだりしている人々の姿を想像することができないのだ。この庭園は、すでに仕上がっていて、これ以上、手を入れる余地のない絵画のようだ……あの山の岩の怪物同様、生気は皆無。そして怪異ぶりも負けてはいない……。

不意打ちのように唐突な印象を残して太陽が姿を消すと急に寒気を感じ、「そろそろ服を着よう」と考えながら窓に背を向ける。いったい何時なんだ？　わたしの腕時計は止まっていて、部屋に時計はなく、屋敷のほかの場所でなにがおこなわれているのか手がかりになりそうな音もまったくきこえてこない。絶対的で、けっして破ることのできない静寂が透明なドームのようにすべてを覆っている。服を捜そうと巨大な戸棚を開けたり、引き出しを開けたりしてみた。が、なにもかも持っていかれてしまったらしい。馬と乗り手が装備ともども楽に隠れることができそうな、シーダーの内張りが甘く香る大きなクローゼットのなかにあったのは、ハンガーと匂い袋だけだった。

呼び鈴を鳴らせばいいのはわかりきっていた。だがあの執事はほかの使用人たちにいろいろと吹き込んでいるにちがいないし、いまはそんな敵意を抱いた連中とわたりあう気にはなれなかった。しかしこれはもっともらしい言い訳だと気づいた。いまなによりも大事なのは、すぐに〈管理者〉に会って、到着時の悪印象を打ち消すことだ。わたしは良識的に礼儀正しくふるまえる人間であり、あの醜態はひとえに長旅の疲れからきたものだと納得してもらわねばならない。すでにかなりの時間をむだにしてしまった。執事がいいたい放題、報告するのをほうっておいて何時間も眠りこけていていてはいけなかったのだ。すぐにわたしのいい分を伝えておかないと、酔っぱらってここにきたというイメージが関係者全員の心に定着してしまう。

あまりあてにはならない決意が不意に顔をのぞかせて、わたしは呼び鈴に指を押しつけた。ほどなく部屋に入ってきた男は白い制服を着ていたが、執事やお抱え運転手とはちがって、駅前の花売りとおなじ黒い肌の農民階級の人間だった。しかし花売りの女はなんの引け目もなく流暢にしゃべっていたが、この使用人は、態度からは敵愾心と正反対のものがにじみでているものの、しゃべるのは苦手のようだった。その謙虚さが偽りのものでないことはあきらかで、目を伏せ両手を屈従的に握りしめて、服は洗濯してアイロンをかけるので、もどせるのは朝になるとたどたどしく説明するさまは痛々しいほどだった。

「朝！」わたしは狼狽して大声をあげた。「じゃあ、いまはなにを着ればいいんだ？」

男はこれを叱責ととったにちがいなく、おどおどと謝罪しはじめたので、わたしは笑顔で冗談めかしてこういった――「まさかパジャマ姿で下へおりていくわけにはいかないだろう？」男の意気消沈したようすに居心地の悪さを感じはじめていたわたしは、ただただ男を安心させたい一心だった。

「ご主人さまは、あなたがこちらでお食事されるだろうとお考えでした」召使の男はいった。にこりともせず、謙虚な物腰も変わらない。「たいそうお疲れのようだから下へはおりられないだろうとおっしゃっていました」まるで暗記していたかのように、はっきりとそれだけいうと、男は部屋を出ていき、すぐに軽食がのったワゴンを押してもどってきた。

もう腹は減っていなかったので、男が出ていってひとりになると、何口かほおばって飲み込んだだけで終わりにしてしまった。不安で不安で、食べるどころではなかった。ひょっとしたら〈管理者〉は、わたしがこんどは客のまえで醜態をさらすのではないかと案じて、意図的にこの部屋に閉じ込めたのかもしれない。心は乱れ、なにひとつ確信が持てずに、わたしは部屋のなかをいったりきたりしはじめた。顔を出さなくてすむのは助かると思ったり、ここに閉じこもっているかぎり名誉は回復できないままだと思ったり。どうしても下へいくと主張すべきだろうか？どちらともきめられず、その重圧に頭痛がしてきた。「さっきの男がワゴンを下げにもどってくるまで待って、〈管理者〉にあとで会いたいと伝えるよういいつけることにしよう」これは妥当な折衷案に思えたので、少し横になってリラックスしてもいいという気がした。つかのま目を閉じるだけのつもりだったのに、あっというまに深い眠りに落ちてしまった。

数時間寝てしまったかなと思いつつ目を覚ますと、ワゴンは消えていた。そしてそれ以外にも、すぐにどことは指摘できないものの、室内がどこか以前とはちがって見えるような気がした。こうしてその日のうちに支援者に挨拶する機会を逸してしまった自分に腹を立てながら、じっとしていられずにベッドから出て窓辺に向かうと、エキゾチックな花の香りが波のように押しよせてきた。鬱陶しいほど甘ったるい強烈な香りで、腐敗臭を覆い隠す葬式の花を思わせる。窓の外の銀をまぶした黒い葉叢の塊もまた葬式のようだ。夜そのものが巨大な棺台の様相を呈している。わたしはその光景にくるりと背を向けた。

と、これまで気づかなかった一枚の絵が目に止まり、そばに寄ってみた。ずいぶんと暗い色調の絵だ。枕元のスタンドの薄暗い明かりでは、なにが描いてあるのかも判然としなかった。が、そのとき不意に、眠りに落ちたときにはこんな絵はなかったことに気がついた。部屋のようすがどこかちがうという違和感の原因はこれだったのだ。とはいえ、どう考えてもおかしな話だ。人が寝ているあいだに部屋に入ってきて絵をかけるなんて、そんなことがあるだろうか？　かなりの音がするだろうし、そんな音がすればわたしだって目を覚ましたはずだ。壁に釘を打ちつける音がすれば、だれだって寝ていられないにきまっている。だが、ばかげていると思いながら、その考えを頭からふりはらうことができなかった。また横になってうとうとしていると、その絵が繰り返し夢に出てきて、まどろみの合間、はっきりと目が覚めたときに、朝いちばんでじっくり見てみようと心にきめた。

ところが、白昼の光で見ても、肖像画だという以上のことはわからなかった。背景の深みのあるくすんだ色彩で顔の輪郭がぼやけている。さらに顔そのものは複雑に入り組んだ描線の網目模様でぼうっとかすんで見えて、まるでベールがかかっているかのようだ。一瞬、陽光が宿り……頬骨の高い、妙に親しみのある光り輝く顔があらわになって、ぎくりとした。わっと脅かされたような気がした。が、その顔は人間のものではなかった。陽光が移ろい、見え方が変わった。こんどは聖堂番がよこした絵葉書のなかの顔がひどく驚いたようすでこちらを見上げている……これにもまたぎくりとさせられた。ふと、なにかとても意味ありげな謎めいたものの影を感じたが、つぎの瞬間には白昼の明るさにもどっていた。混乱した印象のなかで唯一残ったのは、ステンドグラスの窓に描かれていた顔だった。べつに驚くには当たらない。あの窓はとても有名なのだから——複製はどこにでもころがっている。

なにもないところになにかの前兆を見ている自分にいささか戸惑いを覚えていたので、召使がわたしの服を持ってやってきてくれたのは、気が紛れてありがたかった。親しい関係を築こうと名前をたずねると、男はそれ以上話しかけたくなくなるような声で、「アップジョン」と答えた。けさはきのうよりぶっきらぼうだ。もともと無愛想な男なのか、ほんとうに言葉がよくわからないのか。理由はどうあれ、すぐに出ていかせるしかなかった。

ゆっくり休めたし、こざっぱりと身なりも整って気分も落ち着いてきたのに、理屈に合わないぞと自分にいいきかせたが、それでも部屋から出るのが不安でならなかった。これからわが家になる家を見て歩くというより、敵の領土に偵察に出る気分になってしまうのだ。まだ早いことはわかっていたから、アップジョンのあとをたどりながらも意識的にゆっくりとダイニングルームに向かい、ときおり立ち止まっては目についたものをじっくり眺めた。だれにも会わないし、なんの音もきこえなかった。まるで住人に打ち捨てられた空家のようだ。腕時計が朝食の時間を示す頃になっても、わたしはまだぐずぐずとうろついていた。知らないうちに行動規則を犯していはしまいかとびくびくしっぱなしのパブリックスクールの新入生のような気分だった。遅れてはいけないし、早すぎてもいけない。かといって時間ちょうどというのもどんなものか。迷うばかりで、はたしてふたたび自信が持てるようになるのか疑問に思えてきた。人生はわたしを歓迎してくれるとわかっている部屋だ、と考えていた頃の自信がとりもどせるだろうか。

やがて格段に重いドアにいきあたった。本気で力を入れてやっと開いたが、開けようと奮闘しているあいだに、さっきまでの自信のなさはほぼどこかへ消え去っていた。ドアの向こうは鏡板で飾られた歩廊で、大広間を見下ろす形になっていた。教会のように大きな広間で、丸天井に向かってのびる金メッキのオルガンパイプが、いかにも教会を思わせるアクセントになっている。ドアのこちら側は、どこがどうとはいえないものの、向こう側とは微妙に雰囲気がちがう。歩廊から、踊り場のある優美な翼のような階段が広間へとのびている。わたしはその下に立ち、ただただ驚嘆して周囲の美しい高価な品々に目を奪われていた。庭園同様、ここでも予想外のもの——魔法めいた、とてもありそうもないもの——が強烈なコントラストを生みだし、劇的効果をあげている。ここの外観は、山間の丸石や扶壁のようにとびだした部分とほとんど見分けがつかず、こんな宝物の存在をうかがわせるものなどいっさい見当たらなかった。だがここでもまた、わたしが受けた印象は、あまり好ましくないものだった。この壮麗な部屋に置かれた値がつけられないほど貴重な品々は使用を目的としたものではない。いわば美術館の展示品のようなもので、なにやら難解なテーマに沿って飾りつけられており、花までもがその一部となっている――どの花も完璧な咲き具合であるがゆえに作り物のように見えるし、茎には針金が巻かれてこれしかないという角度に曲げられ、格式ある花瓶は計算された位置に置かれているとしか思えない。その香りもまた宗教的な建物に似た雰囲気を醸すのに一役買っていて、異様なほど静まりかえった空間に香のように重くたれこめている――その空気がなんだか不自然なほど冷たく感じられる。まるで空気を凍らせて殺菌し、かつ動きを奪い去ってしまったかのようだ。

不意にわたしの名前を呼ぶ声がきこえてわたしは飛び上がり、広間を埋め尽くさんばかりにずらりと並んだ途方に暮れるほどの宝物また宝物の列をあちこち見回した。最初は声の主がどこにいるのかまったくわからなかったが、すぐに地味な服装の若い女があらわれて、わたしを食堂に案内してくれた。唯一、目を惹くのは白い襟のついたグレーのワンピースの極端なまでの質朴さで、控えめな落ち着いた物腰とあいまってクエーカー教徒のようなきまじめで礼儀正しい雰囲気を漂わせている。二十人はすわれそうなテーブルに彼女と向かい合ってすわると、これほど豪奢な空間のまんなかで地味なふたりが途方に暮れている光景に、内心苦笑せずにはいられなかった。

相手はといえば、ふたりのあいだにある皿から料理をとるよう促しただけで、あとはひとこともしゃべる気がないらしい。いったい何者だろう。口をつぐんだままなのがいささか気にはなるが、ちらちらこちらを見ていることから察するに、この沈黙は内気なせいでも、わたしに興味がないせいでもなさそうだ。とたんに、控えめで慎ましいという印象はまちがいだという気がしてきた。その瞳は非常に強い光を宿し、外見はほかの農民たち同様、ジプシーを思わせる。地味な服装にはまったくそぐわない。そうなると、この服装はクエーカーにふさわしくない言動を封じるための装いではないかと思えてきた。このあけすけな視線は、クエーカーにはまるで似つかわしくない。実際、その視線には大胆不敵なところがあって、相変わらず口はつぐんだままなのに時間がたつにつれて、だんだんと居心地が悪くなってきた。彼女の頭のなかでなにが起きているのか想像もつかなかったが、どうもわたしの弱みにつけこんでこの状況を最大限に利用し、わたしをネタにして楽しんでいるように思えてならなかった。そう思うと腹が立ってきた。これ以上、彼女とふたりきりでいたくない。〈管理者〉はどこにいるのだろう？　なぜこの部屋には召使がひとりもいないのだろう？

そんなわたしの気持ちを読んだかのように、彼女はいった――「落ち着かれたところで、お話をしたいのですが。そのために召使は下がらせてあります」

ああ、とひとことといって、彼女が先をつづけるのを待った。ところが彼女は、曖昧な薄い笑みを浮かべてこちらを見つめるばかりだった。あきらかに謎めいた、人をじらす効果を意識した表情だが、これは美しい洗練された女性にこそふさわしい——一癖あるジプシー風の容貌に宿ると、むしろ滑稽に見えてしまう。「だれか映画女優の真似をしているのだろう」と思うと、内心おかしかった。と同時に、初対面のわたしに対して親切とも礼儀正しいともいいがたいふるまいに、苛立ちはつのる一方だった。彼女はいったい何者なのだという疑問が、また頭をもたげてきた。そしてふたたび、まるでテレパシー能力でもあるかのように、彼女はわたしの無言の問いに答えたのだった。「わたし、このお屋敷で秘書をしています」こんどは、考えを読まれたことなどどうでもよかった。心は遠く、わたしの手紙にたいする曖昧な言葉が綴られた返信へと飛んでいた。あまりにも折悪しく姿を消してしまった、あの返信だ。「では、きみが——」あの手紙を書いたのか、とつづけようとしたが、保身の意識が働いて思いとどまり、そのまま口をつぐんだ。

「あなたへの伝言をいいつかっています」いっとき間をおいて、娘はいった。が、有利な立場を手放したくないのだろう、わたしを苛《さいな》むがごとく、ふたたび長い間をおいた。彼女のじらしにそれ以上無関心を装うことができずに、わたしはどんな伝言なのか、だれからの伝言なのかたずねていた。

「もちろん〈管理者〉からのです」その言葉には、無防備なおとなにいたずらを仕掛けてまんまと成功した子どものような勝ち誇ったニュアンスが込められていた。しかしわたしは、もしやという不安に気を取られて、そんなニュアンスには気づかず、あわてててたずねた——「では、けさのうちにお会いすることはできないのかな?」

「飛行機でも借りられるのならべつですが」

「え? もう〈鷲の巣〉を出てしまわれたのか?」質問の形をとってはいたが、これはまた不運に見舞われてしまったという狼狽のあらわれにほかならなかった。ゆうべ寝てしまわずに、どうしても彼に会いたいといっていれば、こんな事態は簡単に避けられたはずだ。しかも、あのとき半分そんな気がしていただけにいっそう腹立たしかった……わたしにはどこか悪魔的なほどにつむじ曲がりなところがあって、自分で自分を苛つかせるたちなのだろうか——最後にはそれで身を滅ぼしてしまうのだろうか?

そんな思いで頭がいっぱいになってしまったわたしは、自分がどこにいるのかも忘れて立ち上がり、眉間にしわを寄せ、ポケットに手をいれて細長い部屋を歩きはじめた。テーブルについている娘は一千マイル彼方に遠ざかり、「すわって、朝食をすませて」という声もほとんど耳に入らなかった。ただ気がつくと椅子のそばにいて、反射的に腰をおろしていた。正面にある強く輝く瞳が再度わたしをとらえると、急に抑えきれないほどの怒り、憤りが湧き上がってきた。わたしは彼女が実際にどんな表情をしているのか見もせずに、わたしをじらせていたあの態度に符合するものにちがいないときめこんでいた。わたしを詮索がましい目つきで眺め、わたしが嘆く姿を見ていい気味だと思っているにちがいないと確信していた。この女にそんな満足感を与えたのかと思うと、怒りにふるえる思いだった――この女の眼前で、なんと愚かな真似をしてしまったのか。この数分間、抑えつけていた憤りが、突然、言葉になってあふれでてきた――「さあ、ショーは終わった」めったに出したことのない冷たい怒りが込められた声だった。まるで他人の声をきいているような気がした。「そろそろ伝言をきかせてもらおうか」

娘は見るからに当惑しきっているようだった。「それは、ええ……もちろん……ご主人さまは出掛ける前にお会いできないのはたいへん残念だと、それだけお伝えしようと思って、でも、いったいどうしたんです？　わけがわからないわ……」大きく見開いた目でわたしを見つめている。それが子どもっぽい純真さのパロディのようで、ますます腹が立った。この期に及んで、これまでのありとあらゆる不平の種が墓から蘇り、タイピストたちに囲まれたオフィスでの屈辱的な立場が思い起こされた。〈管理者〉が秘書に伝言をゆだねたばかりに、わたしは従属的立場に立たされ、逃げてきたはずのものとまったくおなじ状況が生まれてしまったようだ。「店に残っていたほうがましだった」と思い、いささか朦朧とした頭で無謀にも、「つぎの列車で帰ろう……」と考えた。しかし、むろんそんなことはできない……背後の橋はすべて落ちてしまっている……〈鷲の巣〉は、もうこれしかない最後の望みだ。「ここでしくじったら、なにも残らない」そう思いながらふたたび立ち上がり、テーブルを離れて、部屋の奥の壁を形づくる窓に向かって歩いていった。

いきり立つ苦々しさはいまや憂鬱のなかに沈み込み、いくらか自制が効くようになってきた。窓の外を見た瞬間、太陽と花々のまぶしさに目が眩んだ。そして窓がぜんぶ閉まっていることに気づき、これこそが不平の種の捌け口だと感じて、手近な留め金具をつかみ、力任せに引っ張った。「少し空気を入れないと」秘書が制止すると同時にわたしは反論していた。しかし秘書の言葉にはこちらがぎくりとするほどの激しさが込められていた――「だめ！　窓はそのままにしておいて！」

彼女は立ち上がり、いうとおりにしなければ駆けよってでも、と身構えていた。わたしが仰天して彼女の言葉に逆らう気をなくしたのを見てとったか、いくらか落ち着いたようだったが、わたしには理解しかねる不安げな緊張した面持ちは消えていない――「窓は開けてはいけないんです！」浅黒い顔が青ざめているように思えた。これは演技ではない、このふるまいには微塵もつくりものめいたところがない、とわたしは確信した。いったいなぜそんなに興奮するのだろう？驚いたことに、テーブルにもどったときには自分の悩み事などどこかへ消え失せていた。

「気がつきませんでした？　お屋敷のこの部分は空調が効いているんですよ」彼女は早くも落ち着きをとりもどしていた。「空調設備がちゃんと働くよう気を配るのも私の仕事なんです――窓は、当然、閉まっていないと困るんです」

空調――だから空気が妙に静まりかえっていたのか……なるほど。わたしはこれまでよりも親しみのこもった眼差しで彼女を見つめた。数秒前には考えられなかったほど好意的な気分になっていた。「この娘は怯えている……だれかにいじめられている……」心のどこか奥深くに執事の陰気な顔を思い浮かべながらそう考えると、怒り散らしたことが申し訳なく思えてきた。彼女は怒りをぶつけられねばならないことなど、なにひとつしていない……。彼女はただ、この部屋にいるべきではなかった、思慮が足りない娘というだけのこと……。わたしの苦痛の原因は、彼女がここにいるという事実、〈管理者〉が出掛けてしまったと知ったときのわたしの狼狽ぶりを見られてしまったという事実だった。

彼女を安心させようと笑顔をつくって、わたしはふたたび席についた。彼女の感情の激発がふたりのあいだの空気をきれいに吹き飛ばしてしまったような気がした。またおなじことを繰り返すことになるのかとぼんやり思いながらも、あえて深く考える気にはなれなかったのだが、ふと、ふたりとも感情に流されてしまったのだから、いまは対等だという考えが浮かんだ。わたしはもう怒りの感情抜きで話せる。彼女もだいぶ落ち着いたようだし、ふたり共通の雇い主の習慣についての質問に答える態度もずっと自然なものになっている。「〈管理者《アドミニストレーター》〉はいつも出たり入ったりで……何週間もお留守のこともあれば、何日かでお帰りになることもあるし。お部屋を整えておくようにというメッセージが届くまで、いつお帰りになるかだれにもわからなくて……」わたしたちはともにこの第三の人物とつながっている。そのことが不意に仲間意識を生じさせたようだった。わたしを元気づけようとする秘書の心遣いが伝わってきたので、彼女がおずおずときのうのことを持ちだしても怒りの感情は湧いてこなかった――「きのう、ここに着いたときのことを気にしているんじゃありませんか?」わたしは黙ってうなずいた。「気にすることなんかありませんよ」と彼女は請け合った。わたしのことを心底案じているかのような真摯な口ぶりだった。「〈A〉はすべて承知していらっしゃいますから……」

だが、到着時の悲惨な記憶はいち早くわたしと話し手とのあいだに入り込んでいて、話し手はわたしから遠ざかりはじめ……些細な、遠い存在へと変わりつつあった。「出掛けられるとわかっていたら」わたしは思いをそのまま口にして、つぶやいていた。

「たぶんご自分でも直前までわかっていらっしゃらなかったと思うし……」娘はわたしを元気づけようと話しつづけていたが、きのうのことが気がかりなあまり、わたしはうわのそらでき流していた。彼女の言葉は耳に入らず、しだいにその存在すら忘れ……彼女の口調が変わってはたと気づいたとき、きこえてきたのは、「――これを預かっています」という最後のひとことだけだった。彼女が封筒を差しだしているのが目に入り、黙って受け取って無言のままびりびりと封を開けた。無作法だということなど、まったく意識していなかった。そのときわたしの意識に存在していたのは、ただ支援者の手になる数行の文言だけだった。曰く、わたしがもどるまでは〈鷲の巣〉の客人として、好きなようにすごしてほしい――街の商店で必要なものがあれば屋敷のつけで買ってかまわない。これ以上、親身な対応、心配りがあるものか――だとしたら、わたしの心を支配する感情の先頭に立つものが絶望の類であっていいわけがない。

「あの、わたし、これ以上ここにすわっているわけにはいきません。仕事がありますから」

秘書の声のとげとげしさで自分の無作法に気がつき、彼女が立ち上がるのを見たわたしは急に後悔の念に襲われてあわてて席を立ち、ドアのほうへ向かう彼女のあとにつづいた。彼女はわたしに興味を示し、元気づけようとしてくれた。それなのにわたしはうんでもすんでもなく彼女を無視した……なんてひどいことをしたんだ……名前をききさえしなかったじゃないか……。わたしはいまさらながら、名前をたずね、つづけてあたふたと詫びの言葉を口にした――「申し訳ない……許してくれたまえ……ついうわのそらで……あんな無作法な真似をする気はなかったんだが……」

すでにドアノブに手をかけていた彼女は、妙に平板な声でいった――「わたしはペニーと呼ばれています」わたしの謝罪にはひとことも触れなかった。どこか態度がおかしいという気がした。あまりの違和感の強さにわたしは立ち止まった。先祖返りして本能的に危険の存在を察知したような勘働きだった。だがすぐあとに彼女がいきなりぶつけてきた猛々しさには、なんの心構えもできていなかった。彼女の声にも表情にも、血気盛んな先祖から受け継いだ激しい暴力性がみなぎっていた――「どうして知りたいんです？　わたしを侮辱したいのね――ああ、あなたもほかの人とおなじだわ……あなたならと期待していたのに――あなたはと思っていたのに――あなたも悩みを抱えているから、わかってくれるんじゃないかと思っていたのに――少なくとも、ほかの人みたいにわたしをさげすんだりはしないだろうと思っていたのに……」

彼女のようすがひどく荒々しく野蛮で凶暴さを帯びたものに一変した。その彼女がなにか細い光るものをふりまわしたので、わたしは思わず一歩あとずさった。ところがそれはなんの危険もないただの万年筆で、わたしは自分の愚かさ加減を思い知った。「だからペニーなんです。ペンを使う仕事だから」彼女はわたしが退いていることにも気づかず、まくしたてた。「秘書はみんないつだってペニーと呼ばれるんです……。ここで働いている地元の人はみんな、仕事の名前で呼ばれる――ずいぶんと人をおとしめる話でしょう？　ひどすぎるでしょう？　いくら頑張って仕事をこなしたって、屈辱的な恥ずべき仕事の名前がついて回る――そのレッテルに縛られて……どうあがいても逃げられない……」彼女は嗚咽を嚙み殺してドアを開け、広間に飛びだしていった。

彼女の取り乱したようすにすっかり度肝を抜かれて、いっていることの意味を充分にとらえることができなかった。言葉の流れはちゃんと追っていたのだが、その言葉は異様な興奮状態にふさわしい音をつけたものでしかなく、怒りにまかせて怒鳴りちらす詩の朗読《ランティング》を思わせ、まるで芝居がかったスピーチの断片を朗誦しているかのようだった。それが、涙ぐんだ顔を見、動作に女学生のようなぎごちなさ（これにはなぜか、うっすらとだが、いじらしさを覚えた）があることに気づいてはじめて、彼女が話していたのは空想で頭に思い描いた状況などではなく、現実に起きていることだったのではないかという疑念が浮かんできた。彼女はたしかにすべて真実であるかのようにふるまっていた……。

突然、このまま彼女をいかせてはいけないという気がして、わたしは彼女のあとを追った。「ちょっと待ってくれ。話をきいてくれ」わたしは大声で呼びかけながら格調高い家具のあいだを縫うようにして走った。肝心なときに無生物に邪魔されることは往々にしてあるものだが、家具の森はその力を最大限に発揮して、わたしを悪魔的に邪魔しているように思えた。「わたしはきみを侮辱するつもりなんかない。あたりまえじゃないか——どうしてそんなことをする必要があるんだ？　名前をきいたのが無作法だというなら申し訳ないことをしたが、そんなこと、わかるはずがないだろう？　そんな名前のつけ方をきいたのはこれがはじめてだし、ほんとうに驚いているんだ……」追っていたグレーの人影がやっと立ち止まってくれて、わたしは胸をなでおろした。天井まで届きそうなほど背が高い漆塗りの屏風のまえだ。そこから先へはどこへもいきようがない。金の象嵌をほどこした黒い巨大な屏風は、その奥まった一隅の光の大半を吸い込んでしまっているように見える……急に秘密の匂いが漂ってきた……奥深くにある夢のレベルに属するなにかの匂い……日常の世界が、そこにふりそそぐ陽光が、遠いものに思える。「〈管理者〉がそんな不当な扱いがまかりとおるのを許すとは理解に苦しむ」とわたしはつぶやいた。ペニーの褐色の顔はまた一段と青ざめている。大きな黒い眼窩がふたつあいた青白い影となった彼女が答えた――「あの方にもどうしようもなかったんです。あの方も、みなとおなじようにこのシステムの犠牲者なんです」彼女はささやき声で話し、重苦しい影と秘密の匂いのなかからやってきたささやきに、わたしは衝撃を受けた。信じられなかった。その思いを強調するために、わたしは必要以上に声を張り上げていた――「そんなわけはないだろう?」静寂のなか、わたしの声はまるで叫び声のように響いた。その大音声で呪縛が解けたかのように、ペニーはくるりと踵を返して屏風に手を当てた……と、屏風の一面がドアのように奥に開き、彼女が通り抜けると同時にぴたりと閉じた。

「なんてくだらない、子どもじみたトリックだ」腹立ちまぎれに思った。いまの消滅トリックだけが原因ではない。タクシー運転手の口髭にはじまって、ここにきてからの一連の出来事に通底する芝居がかった欺瞞的な空気を不意にちらりと見せられて、腹が立ったのだ。

屏風の仕掛けをわざわざたしかめる気にもなれず、わたしはその場を立ち去った。頭のなかは、いまきいたばかりの途方もない話のことでいっぱいだった。絶対に信じる気にはなれなかった。突拍子もない話だと自分にいいきかせ、懸命に信じまいとした。問題はそこだった。あまりにも信じがたい。つくり話にしては信憑性がなさすぎる。それにアップジョンの態度とやけに符合するものがある。「それがどうした? わたしにはなんの関係もないじゃないか」と考えながら、わたしは断固とした足取りで階段を上がっていった。が、その足取りがしだいにゆっくりとあやふやなものになり、ついには完全に止まってしまった。

なぜ不安を感じ、疑問ばかりが湧いてくるのか理解できなかった。これまでの侘しい暮らしにくらべたら、いまの境遇は(頭に血がのぼったときにあれこれ考えはしたものの)まさに天国だというのに。自分を元気づけるときのつねで、思いは支援者へともどっていった。いま手にしているのはその人の手紙だ。わたしは階段の途中に立ったまま数分間、じっと見つめていれば行間に見えないインクで書かれたメッセージが浮かび上がってくるとでもいうように数行の文章をにらみつけていた。しかし、なにもあらわれはしなかった。溜息が出た。考えてみれば、仕事のことにひとことも触れていないのはおかしい……少なくとも職務の概要くらい書いてあってしかるべきだ。客人として、とはどういうことなのだろう? 好きなようにすごせとはどういう意味なのだろう? 自分の責任で仕事をはじめろということなのだろうか? 最初に見たときは簡潔で好意的に思えたメッセージが、いまは問題だらけで曖昧さに満ちたものに思える。疑問を取りのぞくどころかふやしてしまうその紙片をそそくさと畳んで封筒にもどした。「ペニーにきいたほうがよさそうだ」という唯一の結論を胸に、わたしは階段を上がっていった。わたしがなにを期待されているのか、彼女なら知っているだろう。

秘書とは大広間で一分前に別れたばかりなのに、驚いたことに階段を上がりきると彼女がきびきびした足取りで歩廊をこちらへ向かってきた。片手で書類鞄を抱えている。いましがた見せつけられたトリックの記憶もあらたなまま、わたしはじっと立ち尽くして、彼女に助言を求めた。「あとで」彼女は首をふりながらいった。「いま、足を止めていられないので――」そして、あとで話す時間はいくらでもあるといい添えた。わたしは動きもしゃべりもせずに彼女が近づいてくるのを見守り、ほんのすぐそばまできたところで、いきなり両手をひろげて歩廊を完全にふさいでしまった。知りたいことを教えるまで通してやるものかと心にきめていた。が、彼女はきわめて落ち着いたそぶりで微笑みかけると、ふたたび姿を消してしまった――目立たないカーテンの陰にドアが隠されていたにちがいない。そのドアを抜けて、彼女はまたしても巧みに逃げおおせてしまった。

どういうわけかわたしは、おなじトリックの繰り返しを面白いと感じていた。前は苛立ちを覚えたのに。実際、トリック第二弾は、あまりのばかばかしさに声を上げて笑わずにはいられなかった。彼女を追うどころかカーテンの陰を見もせず、わたしは自分でもよくわからぬままに呼びかけていた――「ゆうべ寝た、あの部屋を使っていいのかな?」

「もちろん」かすかな声が返ってきた。分厚いベルベットの生地に遮られて長距離電話のようにくぐもってきこえるせいで、最後はよくききとれなかったが、たぶんこうだったと思う――「なにも不都合はないでしょう?・」

5

にわかに生じた楽しい気分は、あの豪奢な部屋までついてきた。室内はなにもかもが美しく整えられ、日除けが下りて、そこかしこに新鮮な花が飾られていた。輝きを身上とするものはひとつ残らずきらきらと光を放ち、木製品はゆたかな古艶をまとい、その宝石の煌めきのような清潔さを維持するために召使いたちが長い年月注ぎこんできた労力を思うと愕然とするものがあった。しかしその輝きも、この部屋ではなによりも遥かに重要なあの暗い絵の引き立て役にすぎないようだ。あの絵にはすべてが従属し、わたしもひと目で魅了された。

絵のまえに立つと、たちまち心をわしづかみにされ、我を忘れて、その特異な雰囲気に呑み込まれてしまった。前にそこに見いだした顔は、いまは見えない――が、それよりもっと重要な発見ができそうだ、不意にそんな気がした。壁にかけられた暗い長方形から期待感が放射され、襲いかかってくる。わたしだけでなく、室内のもの、外の庭園のもの、さらには空にあるものまで、ありとあらゆるものが、その出現をいまかいまかと待ち受けているように思えた。目のまえで、絵画の色価《バルール》が変化しはじめた――濃い、くすんだ色彩が後退し、薄れて、デッサンがより鮮明になってきたが、それでもまだだれの顔なのかわからなかった。

はっきりわかったのがどの瞬間だったのかは判然としない。思っていたものとはちがっていたから、その驚きで、唐突に思えたのかもしれない。わたしには、いま、だれの顔も見えなかったのに、つぎの瞬間、〈管理者〉の顔が、あまりにもてらいのない眼差しでこちらを見ていた、というふうに思えたのだ。疑えるものなら疑ってみろとでもいうように、どの細部を見ても生き写しだった。わたしは肩越しに素早く、部屋中を見回した。なにかわたしの目を欺くような変化が起きているのではないか。しかし窓の外に下りた日除けで弱められた陽光のなか、なにもかも元のまま、輝かしい朝の心和む明るい現実がひろがっているばかりだった。ステンドグラスの窓に描かれた天使を再現したものが、なぜ朝食をとっているまに、わたしをここへ呼びよせた雇い主の肖像に変わってしまったのか、納得のいく説明の手助けになるようなものは、なにひとつ見当たらなかった。

だが、よくよく見てみると、ありきたりの肖像画ではないことがわかった。半透明の肌色の奥で魂が炎のように輝いているのだ。そう思った瞬間、謎めいた不可思議な絵はわたしをべつの世界へ、あきらかにその絵が属している世界へと連れ去った。どういうわけか、その世界へはごく自然に、なめらかに移ることができた。ぐっすりと寝ていて、いつのまにか夢の世界に入っていく、というふうだった。わたしは微塵の驚きも覚えずに、そっと脈打つ翼のような炎に見入った。炎は頭のまわりで羽ばたき、生きた花冠となって頭をぐるりと取り囲んだ。そこに見えていたのは、人物と天使とがひとつになった、わたしにしか見えない幻影、描かれた人物の奥で実体のない天使のようなものが輝いている光景だった。その意味を正しくつかめさえすれば！　だが、完全に認識できたと思ったとたん、幻影は薄れはじめた。息づく翼のような炎は小さく弱くなり、ゆらぎはしだいにおさまって、もとの絵画の濃い色彩によって消されてゆき……やがて額に入った暗くぼやけた長方形でしかなくなってしまった。

しかしこの幻影（と呼んでいいのならば、だが）は、つかのまのものでありながら、長く強烈な影響をおよぼす、大いに注目すべきものであった。なぜなら、直後はその幻影を思い出すことができず、ただ〈管理者〉と絵とわたし自身が関与する謎めいたものという印象しか残らなかったからだ。まるでこの三者がいっしょに魔法にかけられたかのようだった。あとになって完全に記憶がよみがえり、呪縛が解けてみると、いつもは皮肉で懐疑的な傾向が強いこのわたしが、なぜそんなふうに思い込んでしまったのか不思議でならなかった。おそらくは、〈鷲の巣〉では驚くことばかりで、日常生活とかけ離れた不可解なことだらけの奇妙な雰囲気のなか、超自然的な経験を現実のものとして受け入れやすくなっていたからだろう。それくらいしか考えつかなかった。

いったんそれを受け入れてしまうと、漠然とした不安は魔法のように消え去り、あらゆる重荷から解放された。支援者の手にすべてをゆだねた、そんな気持ちだった。あの人が一から十まで面倒を見てくれる。わたしは華美といってもいいほどの、ほとんど薄気味悪いくらいなんの不足もない環境で存分にくつろいでいればいい。生まれ変わったように、自意識過剰になることもなく、二十代前半の頃のような幸福で希望あふれる若き好青年のつもりですごしていればいいのだ。

それはたんなる一時の幸福感というだけのものでもなかった。わたしはいっさいの心配事から解放されたこの比類なき自由をくる日もくる日も謳歌し、そうすることが正しい、適切なことなのだと確信することで、その楽しみはいっそう増していった。延々とつづく不幸な日々、孤独で憂鬱な日々を生きてきたわたしには、もう少しで押し潰されてしまいそうなほどの悪夢のような絶望を追い払い、自信をとりもどすために、こうしたお墨付きの幸福という呪文が必要だった。前にもいったとおり、最初はすべてが自然なことのように思えた。わたしはお伽話を生きている、そのお伽話のなかではあの肖像画がはっきりとはしないもののなにか重要な役割を演じている、と感じはじめたのはしばらくたってからのことだった。肖像画がどんな役割を果たしているのか、突き止めようという気はなかった。わたしは支援者を全面的に信頼していたし、彼がすべての状況を支配している以上、そんな必要はないと思っていた。それに、わたしはこの貴重な、夢のような充足感にひたりきっていたから、それを中断するようなまねはしたくなかった。そういうわけで、水面下ではもっと理性的な自分が終始その問題を考えつづけてはいたものの、それがはっきりと表に出たのは、恍惚としたトランス状態に終止符が打たれてからのことだった。

トランス状態が強固で、表面の出来事によって内面が乱されることなく穏やかに静まっているあいだは、〈鷲の巣〉にかんするあらゆることを黙諾していた。途方もなく贅沢な空間で手の込んだ食事をペニーとともに時間をかけて摂っていたのもそのひとつだ。身の内に蓄えていた平静さが尽きかけている最初の兆候があらわれたのは、ある日の昼食時、白い制服姿の召使がふたりがかりで持たなければならないほど大きなトレイにのった深皿の料理をペニーが選ぶのを見ているときだった。わたしは突然、もどかしさを覚えた。もうこれ以上、こんな贅沢な暮らしを楽しんでなどいられないと不意に悟ったのだ。食事時の儀式すべてが、ばかげた退屈なものに思えた。ペニーが慎重に選んでいることに急に苛立ちを感じて、わたしの番がきたときには深皿の列からなにも考えずに取り分けてしまい、自分の皿になにを取ったのかほとんどわかっていなかった。これまでずっと意識的に自分をごまかしていたような気がした。ほんとうは退屈だと思っていることに楽しみを見いだすふりをしていたのだ。「実際は、贅沢を楽しんでなどいない」とわたしは思った。「どうやら負け犬たちと暮らす生活が長すぎたようだ」

そのときだった。奥深くにおさまっていた関心事が、なんの予告もなく言葉となってその存在を主張した――「わたしの部屋にある肖像画のことは知っているかな?」ひとりでに口から出てきたような具合だった。

わたし自身、食堂ともふたりの会話ともなんのつながりもない絵のことをたずねる自分の声をきいて驚いたくらいだから、問われたペニーが驚いた顔をするのはしごく当然なことだった。わたしがどの絵のことをいっているのか彼女は充分承知していると、なんの根拠もなく思っていたのだが、彼女はただ、「このお屋敷は肖像画だらけですよ」といっただけだった。この特定の一枚に格別な意味を持たせまいとするかのような答えだった。

いくらか長めの沈黙がつづいて、この話題は終わりになったかに思えた。ところが突然、どうしても蒸し返したくなって、わたしはいった。「わたしがいっているのは、あの肖像画だよ、〈A〉の……とにかく、わたしはそう思っているんだが」あやふやな物言いは、いかにもばかばかしく響き、娘が笑うのを責めることはできなかった。が、それでもわたしはじわりじわりと先をつづけた――「最初は複製かと思ったんだ――はっきりしないと気になってね、だからきいてみたんだよ……」なぜこうもこだわるのか、自分でもいささか不思議な気がした。部屋にきて絵を見てくれ、見た印象をきかせてくれ、といいたかった。なぜそんなことをいいたくなったのか、それも不思議だった。

彼女自身の目で見てほしいという思いが不意に強まったことが彼女に伝わったにちがいない。なぜなら、彼女はこういったのだ。「見ればお答えできると思いますよ。その場にいって見てみれば——ただしどこかほかの場所での話ならね」召使たちがつぎのコースを取りにちょうど部屋を出ていき、わたしが不可解な顔をしているのを見てとると、彼女はしかつめらしく説明したが、その表情にはどこかこれまで見たことのない茶目っ気が感じられた——「ここの人たちはとても厳格なんです。もしわたしがあなたのお部屋に入るのを見られたりしたら、とんでもない噂がひろがってしまうわ」

わたしはすべてを冗談に変えてしまおうと笑い声を上げてみせたが、さして効果はなかった。内心は、笑うどころか、自分の軽率さに恐れおののいていた。そこらじゅうに見えない落とし穴が口を開けているような気がした。なんの下心もなしにいったことだった。が、その言葉が曲解され、わたしの絵にたいする関心がゆがめられて、秘書を部屋に誘い込む口実ととられ、わたしがいかに堕落した人間かを示すさらなる証拠にされてしまう可能性があることは、わたしにも理解できた。しかし実際には、彼女自身がわたしを傷つけようとしているとは思えなかった。公正な目で見れば、そんなことはありえないと思えた。が、一方では、彼女を信じきることができない自分がいた。わたしのような立場に置かれたら、だれしも危険を冒すようなまねはできないにきまっている。これからはもっと気をつけなくては、とわたしは肝に銘じた。

すぐにあたらしい話題を持ちだしてこれまでの話の記憶を消し去ろうと、わたしはよく考えもせずに、いきなり仕事のことを話そうと思いたった。これまで夢のように怠惰に暮らしていたときにはちらりとも考えなかったくせに、急に差し迫ったことのような気がしたのだ。「なにかまずいだろうか?」とわたしはたずねた。「きょうの午後から図書室での仕事をはじめたいんだが」

ペニーは目を大きく見開いて、ぽかんと子どものような表情を浮かべた。いつ見ても、嘘くさい、わざとらしい表情としか思えない。そして彼女はそれに似つかわしい大仰な、いかにもなにも知らないといいたげな口調で、「どうして図書室なんです? なんの仕事をされるおつもりなのかしら?」といいながら、どう見ても不自然にきゅっと眉を上げた。

「わたしはそのためにここにきたんだ——図書室で働くために——そうだろう? いつかははじめなくてはならないんだから、きょうでもかまわないんじゃないのかな?」さりげなく明るくしゃべろうと最善を尽くしたのに、彼女のわざとらしさが感染したのか、へたな役者の声にしかきこえなかった。

彼女はすぐには答えなかった――見ていると、彼女の表情が、この場では不可解としかいいようのないものに変化した。話の流れとはかけ離れた、いまの話題となんのつながりもないものに変わってしまったのだ。冷たさは微塵もない。しいていえば同情を示しているといえそうな表情。彼女が同情を示す理由など見当たらなかったから、少し動揺してしまった。と、彼女がいましがたの質問に応えて、いった。「どうしてわたしにおききになるんです?」そのひとことで、気分が落ち着いた。

「たしかに、どうしてだろう?」と思い、彼女はわたしがもっと自由気ままにふるまうべきだと思っているのだろうと推測した。そこでわたしは声に出していった。「〈A〉がわたしになにをしてほしいと思っているのか、きみに言伝でもしていないかと思ってね。しかし、ないならないでかまわない。図書室に入れば、どう役に立てるか、おのずとわかるだろう。ところで、どこにあるんだね? まだ見つけていない気がするんだが」

「ひとりでは絶対に見つけられませんよ」

本心からとはいいがたいわたしの軽い物言いとは対照的に、ペニーの声には断固とした、まっすぐなものが感じられた。わたしはふたたび疑念を覚えた。こうした皮相的な害のないやりとりがなにか不吉なものを覆い隠しているという考えを打ち消すことができないのだ。

「どうして?」考えを読んでやろうと彼女をじっと見つめながら、わたしはいった。

だが彼女は手短にこう答えただけだった。「この話はよしましょう。時間のむだです」このときたまたま部屋にはふたりきりだったので、わたしは重ねてたずねた。「どうして?」すると、召使の目がない状況で歯止めが効かなかったのだろう、彼女は感情をさらけだして叫んだ。「ああ、もう静かにして! そんな話をつづけて何になるっていうの? どっちにしろ、ドアには鍵がかかってます。そしてその鍵はわたしが持ってるんですから」

「だったら、渡してもらおうか」ふくらんでゆく不安の代わりに憤りをあらわにして、わたしはいいかえした。「きみには、わたしを図書室から閉めだす権利はない。わたしは図書室で仕事をすることになっているんだ」だが、彼女のつぎの言葉をきいたとたん、名状しがたい不安がぐっと近づいてきて、それ以上、憤るふりをつづけることはできなかった。

「わたしにはあなたを図書室へ入れる権利はありません」その声は悲しげで、不安そうで、苛立ちや気取りは露ほども感じられなかった。いつもの射るような眼差しがゆらいで、彼女は皿に視線を落とした。あとひとつ質問すれば危険な秘密を暴ける。そう強く思った。しかし、わたしはなにもきかなかった。秘密や危険に巻き込まれるのはごめんだった。わたしの望みはただ、このまま穏やかな満足感にひたりつづけることだった。勇気ある態度といえないことは認めよう。

そんな意気地のなさを強く恥じて、わたしはテラスでふたりきりでコーヒーを飲んでいるときに、またこの話題を持ちだした。が、ペニーからはなにひとつ得られなかった。わたしを図書室に入れるよう、あの手この手で説得したが、すべて徒労に終わった。なにをいっても結果はおなじで、彼女は頑として譲らず、わたしが司書であることを示すような書類を受け取った覚えはない、その資格があるときいたことさえいちどもない、と頑なに繰り返すばかりだった。わたしがその職に応募し、それにたいする返事がきたことも、なんの証拠にもならなかった——そういえば、あの手紙を見せることもできなかったではないか。そもそも、わたしがその本人だと信じろというほうが無理な話だ。

ずいぶんとばかげた話に思えて、わたしは笑いだしてしまった。脈絡なく浮かんできた不安も忘れ、彼女に邪魔されて迷惑をこうむっているにもかかわらず、彼女がわたしをどうとらえているのか考えると、おかしくてしかたなかった。「きみは、わたしが仕事欲しさにどこかの気の毒なやつを殺したのかもしれないと本気で思っているのか?」わたしは笑顔でたずねた。彼女がいつもより近しい存在に感じられた。

答える代わりに、彼女は頭をたれた。敷石の隙間に咲いている小さな花を見ている風情だ。顔は見えない。わたしは、下を向いた彼女の艶やかな黒い頭を見下ろした。まっすぐな一本道のような分け目できっちりと分けられた髪は一本一本が若い苗木のように威勢がいい。彼女のポーズは、一見しおらしく見えるが、じつは相変わらずの頑固さを示す以外のなにものでもない。彼女と話をしていったい何になるのか、疑問に思えてきた。「きみは、きいてもいないんだろうな」なかば笑い、なかば憤りをにじませて、わたしはいった。「これでは木を相手に話をするほうがましだな」

しかし彼女はわたしが思うほど鈍感ではなかった。どうやら強い感情をずっと押し殺していて、それが我慢の限界に達したようで、突然、叫びだしたのには、わたしも驚かされた――

「いったいどうしちゃったんです？　どうしてなにもかもだいなしにしようとするんです？　どうしてきのうまでとおなじようにしていてくれないんですか？」

不意を突かれて、答えようがなかった。これは、より現実的な感覚が夢のレベルを侵略しはじめたということなのだろうか？　いずれにせよ、なぜ彼女はよりによってこの瞬間を選んで、わたしの仕事とはまったくなんの関係もない事実について、あんなことをいったのだろうか？　彼女は相変わらずわたしから顔をそむけたままで、いまはその顔を手で覆ってしまっている――ひょっとしたら、わたしのききちがいかもしれない。が、つぎの言葉には疑問のはさみようがなかった。

「わたしはずっとひとりぼっちだったんです」じつに悲しげな口調だった。「あなたがきて、どれだけの変化が生まれたか、あなたには想像もつかないでしょうね——わたしがここへきてからずっと、あなた以外に、話し相手になってくれたり、親しくしてくれたりした人はひとりもいなかったんです」

彼女の話しぶりには、嘘偽りのない悲哀がにじんでいた。そして、その個人的感情のこもった声には胸を突かれる思いがした。そんな声をきくのはほんとうに久しぶりのことで、もう二度ときけないのではないかと思うほどだった。声の主が、わたしとは生活水準がまったくちがう田舎娘で、完全に信頼しているわけでもなければ、きわだって魅力的でもなく、せいぜい寛大な友情程度のものを感じているだけであっても、その思いは変わらなかった。個人としてのペニーは、わたしにとっては取るに足りない存在だ。わたしは彼女のわたしにたいする気持ちに感動したのだ。

彼女に自己中心的な態度をとってしまったことは充分、自覚していた。いささか恥ずかしいことをしてしまったという思いから、わたしは一歩譲って、好意的ととってもらえそうな言葉をかけた。

「心配しなくていい」わたしはいった。「もうきみを困らせるようなことはしないから」まえかがみになって無意識に彼女の肩を叩きながら、考えをめぐらせていると、その一部が言葉になって出てきた。「それにしても、なぜ図書室に入れてくれないのか、どう考えてもわからないな――一家の秘密が隠してあるとでもいうのなら話はべつだが」彼女にきこえるほどの声でいったのかどうか定かでなかったし、このつぶやきからなにか生まれるとは思っていなかった。だから彼女がいきなり飛び上がって、鍵をとってきて図書室へ案内するといいだしたのには、わたしも仰天した。邪悪な秘密などないことを証明するというのだ……。

彼女は、わたしを図書室に入れないことが義務と考えていたにちがいない。だが、図書室に向かう途中、わたしは自分が彼女の言葉を受けてずいぶんと寛容な態度をとってしまったことに気づき、苦々しい思いで、そのことばかりを考えていた。彼女のあとについて廊下を進み、階段を上り、下り、いくつも角を曲がった。どうやら屋敷の別棟に入ったようだった。たしかに、ひとりでは絶対に見つけられそうにない。こうして案内してもらっていても、もういちどひとりでこられる自信はなかった。

先に立って静かに歩きながら、彼女は声をきかれたり姿を見られたりしないようくれぐれも用心してと、しつこく注意してよこしたが、それもわざと劇的にするための演出ではないかとわたしには思えた。しかし、ついにこぢんまりとした薄暗い広間で足を止めて鍵の束をとりだし、ひとつひとつ順番に鍵穴に挿し込んで試しはじめると、その不安げな表情にわたしはぎくりとした。顔面が蒼白なのは、なかば葉叢に覆われた窓から射し込む緑がかった光のせいだと自分にいいきかせたが、それでもやはり気がかりでならなかった。彼女が不安を抱えていることは、そのたたずまいを見れば一目瞭然だった。彼女はわたしをここへ連れてきたことでこの屋敷のなんらかの規則を破ろうとしている、そしてその結果に恐れおののいている、とわたしはほぼ確信していた。「こんなことをさせるべきではなかった」とわたしは思った。わたしは〈鷲の巣〉のことも、そこの人間たちを支配している謎のシステムのことも、ほとんどなにも知らない。屋敷のもとの場所へもどろうと声をかけるべきだろう。そう思って、実際に声をかけようとしたとき、彼女がついに正しい鍵を見つけてドアを開けた。とたんにわたしは、いましがたの分別をきれいさっぱり忘れてしまった。

部屋の外から見るだけでいいと約束していたのに、わたしは制御不能の好奇心にわしづかみにされて、ペニーがわたしの意図に気づくより早く彼女の横をすりぬけ、部屋に入っていた。が、すべてのブラインドが下りた図書室のなかは、ほとんど真っ暗だった。ただひとつわたしの目をとらえたのは、青白い地球儀だ。本が並んだ書棚のまえで、学問に励む巨人の禿頭のように重たげに傾いている。わたしは窓へと走った――いくらかでも光が入らなければ、外にいるも同然だ。ブラインドのひもに手をのばしたが、届かなかった。きこえたのは、背後からすすっと駆け寄る音だけだった。つぎの瞬間、ペニーが飛びついてきたと思うと、わたしの手をひっつかんでブラインドから遠ざけ、怒りのこもった声で耳もとにささやきかけた。「ふたりとも首になりますよ!」

指を革ひものようにぎりぎりとわたしの手首に食い込ませて、彼女はわたしをドアのほうへ引っ張っていこうとした。抵抗する気はまったくなかったが、ただただ呆気にとられてすぐには動かずにいると、彼女は身体全体を破壊槌のようにふるい、全体重をかけて何度も何度もわたしを引っ張り、激しくあえぎながらいった。「わたしたちがここにいることを、みんなに知らせるつもりなのね――」

わたしはあっさり力を抜き、彼女に追いたてられるままドアの外に出ると、彼女は間髪入れずドアを閉じて鍵をかけた。わたしは冷静に考えることができず、押し黙っていた。彼女の小柄な若い肉体がわたしの肉体にぶつかってきた、その特異な感覚に、すっかり思考を乱されてしまったのだ。彼女は、かすかな汗とクローバーの匂いがした。畑で働いている健康的な田舎娘の匂いだ。そして彼女はわたしの混乱に乗じて、すぐにこの場を立ち去らなければといって譲らず、かろうじて司書の居室をちらりとのぞくことだけ許してくれた。そこは居心地のよさそうなこぢんまりとした空間で、まるで船室のように、生活に必要なものすべてが整然とおさまっていた。わたしはもどるあいだじゅうずっと口を閉じたまま考えにふけり、もののはずみで約束を破ってしまったことを後悔していた。おとなしく、従順な態度をとっていれば、もっといろいろなことがわかったはずだ。遅ればせながら、わたしの行動はただ彼女を怯えさせ、殻に閉じこもらせてしまっただけだと気づいたが、いまは手の打ちようがない。わたしは、できるだけ早くまた図書室にいこうと決意する以外、なすすべがなかった。

6

現金の持ち合わせがまったくないことから生じる問題は、日に日に差し迫ったものになっていった。〈管理者〉の寛大なはからいで商店での買い物は屋敷のつけでまかなえるものの、臨時出費のすべてがそれでまにあうわけではなかった。気が重いのは、たとえばチップの問題だ。執事はすでになにがしかの贈り物を期待しているように見受けられる。しかもあの男は、もらって当然と思っているものがもらえないとなったら露骨に腹を立てそうだ。

わたしは部屋でひとり、その問題を考えながら、持ち物でなにか売れるものはないかと淡い期待を抱いて大きなクローゼットを開けてみた。しかし目のまえにあるのは、がらんとした棚で、ただまんなかの段に、こすられ、つるつるにすりへって見る影もないわたしの絵の具箱が使われもせず、ぽつんと置かれているだけだった。いかにも場ちがいな感じだ。その境遇がわたし自身と重なるように思えた。どちらもおなじ船に乗っている。当然の帰結のように、ある考えが浮かんだ――「だったら、旧交を温めようじゃないか」

あとは自動的につぎつぎと進んでいった。行動のひとつひとつが、まるであらかじめ定められていたかのように、脳の助けなしにやすやすとひとりでに遂行された。絵の具箱を肩にかけて部屋から出ようとしたとき、わたしは自分が本能的にあの絵を見ないようにしていることに気がついた。そして庭園に出てからは、なるべく農民たちに近づかないようにした。かれらの詮索がましい視線がわずらわしかったからだ。庭園にはいつもあの肌の浅黒い農民たちが大勢いるが、きょうはそれこそ何百人もいるように思える。どっちを向いても、枝や葉のあいだから、高い梢の上から、あるいは地べたから、黒い瞳がわたしをのぞき見ている。わたしは、かれらの好奇心を格別引きつけているのは絵の具箱ではないかと想像し、これからしようとしていることに罪悪感を覚えた。まるで犯罪でも企んでいるような気がしてならなかった。わたしは苛立ち、ばかなことを考えるんじゃないと自分にいいきかせた。庭園でスケッチすること以上に無害なことなどあるだろうか？　たとえその絵を売るつもりだとしても、まちがいなく〈鷲の巣〉だとわかるようなものが描かれているのでないかぎり、だれも文句はいえないはずだ。

だが屋敷から離れるにつれて農民の数はしだいに少なくなり、わたしは胸をなでおろした。庭園のいちばん外側までいくと、仕事をしている人影もまばらになって、楽に人目を避けることができた。そうなるとやる気が出てきて、自分の計画がなかなかよいものに思え、適当な題材を探して、しだいに自然味をましていく植栽のあいだを歩くのが楽しくなってきた。これでやっとちゃんとした時間がすごせそうだという見込みがたって、しごく爽快な気分だった。ひるがえってみると、なんの目的もなくのらくらすごしてきたきのうまでの日々が恐ろしく退屈なものに思えた。何時間ものあいだこれといってなにもせずにいて、よく満足していられたものだ。

地面はずっと上り坂だったが、勾配がとてもゆるやかなので特別高いところに上ったという感覚もなく、まったく予期しないままに鬱蒼と茂ったレモンの木立を抜けてみると、ユーカリの防風林の先はからっぽの空間へと落ち込む切り立った崖になっていた。樹皮が剝けかかった白っぽい幹の向こうに目をやったとたん、思わず感嘆の声が漏れた。あの判事の姿をした七座の険しい岩山が不変の青空を背景に屹立している。あまりにも近く、あまりにも劇的で、あまりにも予想外の出会いに、その光景すべてが現実とは思えなかった。じっと立ち尽くして山々を見つめるうちに近さには慣れたものの、天空から山々に降り注ぐ輝きの洪水に目が痛くなってきた。あの深い、目の眩むような青には、どこか人をうんざりさせるものがある——この地域では、雲はできないのだろうか？　ここに着いてからというもの、ひとかけらも目にしていない。

断崖の縁を歩いていくと、まもなく傾斜がいくらかゆるやかで、豊かな緑と荒涼たる岩場とが強烈なコントラストをなして出会う最前線が見える場所に出た。すぐさまここだときめて、絵の具箱のストラップをするりと肩から落とし、絵を描く準備をはじめた。売る立場からいうと、だれが見てもあきらかに魅力的な光景を選ぶべきだということはわかっていた。だが、前景の有り余るほど豊かな生産性と、死んだ岩が奇怪さを生みだしているだけの荒涼とが隣り合った劇的な景観には抗しきれなかった。

その日の午後は時間を超越したわたしだけの夢のうちにすぎていった。光が移ろっていずれにしても筆をおかなければならないという頃にスケッチを終えたときには、時間の経過の速さに驚かされた。軽い疲れを覚え、頭も少しぼんやりしたふうで夕陽のなかをゆっくりと屋敷に向かって歩きながら、これから毎日、一定の時間をこうしてすごそうと心にきめた――絵を描くことでどれほどの歓びが得られるか、すっかり忘れていた。もっともそれは自分の存在にかかわるような喫緊の経済的必要に迫られてでなければ、の話だが。

わたしの心の目のなかには、きたるべき日々の絵図が描かれていた。あの居心地のよさそうな司書の部屋で安全に、心安らかに、満ち足りてすごせるときがきたら、ひとり静かにひきこもって、こういうしあわせな夢のなかで働き、暮らしていくのだ。それ以上、人生に求めるものはない。昔、抱いていた野心は悲惨な日々のうちに蒸発して消えてしまったが、その悲惨な日々ももう終わった。いまわたしが望むのは平穏――平穏と心の安らぎ。それだけだ。

おぼろな白昼夢のようなものに心奪われたまま、わたしはすでに農民も姿を消した庭園のなかをゆったりとぶらついた。暖かな空気、風はなく、甘い花の香りが漂い、空は茜色に輝いている。どこを見ても、いまのわたしの気分にふさわしいうっとりするような美しさ、あふれんばかりの花々や果実。見知らぬ巨木の木立を背景に、釣鐘のような形やトランペットのような形、あるいは蝶のような形の花、またガラスのように透明な花や上空で開いた花火のような花が、低く斜めから射す陽光を受けて信じがたいほどの輝きを放っている。いたるところで水が跳び上がり、落下し、折りたたまれてさざ波のようなパターンを描き、きらめく車輪となって回転し、輝く虹と謎めいたささやきのような音楽で宙を満たしている。まるで花咲き乱れる楽園にいるようで、ニンフやナイアス〔訳注─川や泉、湖に住む水の精〕が出てきそうだ。

そのとき、どきりとするほど唐突に、この輝かしい美がすべて消え去ってしまった。背後の山並みの陰鬱な命なき塊の一部のように黒々と空に突きだし、邪悪な凄味をきかせてわたしの上にのしかかってくる〈鷲の巣〉の人をよせつけぬ要塞のような巨軀が、あのすばらしい光をかき消してしまったのだ。わたしはその冷たい影が落ちる重みを感じた。影はどっしりと冷たく、おもしのようにのしかかってきた。太陽はその背後に消え、わたしは深い影のなかに取り残された。その影はわたしを押し潰す圧倒的な重みを持っているように感じられた。この押し潰される感覚が、薄暗く深遠な屋敷がわたしに課した束縛のように思えて、どうしてもなかに入る気になれなかった。数時間、解かれていた束縛がふたたび課される。そんな気分だった。無理をして屋敷に入ろうとすると、空気はまだとても暖かいのに、ぶるぶるふるえている自分がいた。

わたしはこうした感情を抱いたことにいささか衝撃を受けていた。この感情は屋敷自体にたいするものとはいえ、屋敷とその主人とを完全に切り離すことができない以上、彼にたいする裏切りのような気がしてしまうのだ。わたしはほかのことを考えようとした。が、自室に向かって廊下を進みながら、とおりすぎるドアというドアが、そしてその奥の人気《ひとけ》のない豪華な部屋のことが気になって、心穏やかではいられなかった。完璧に仕上げられた部屋はだれにも触れられることなく、ただ褐色の肌の大群の労力によって繰り返し繰り返し磨かれ、むだに完全無欠の状態に保たれ、日々、だれひとり見もしない新鮮な花々で満たされている——なぜだ? 静寂のなか、わたしは声に出してたずねた。静寂は重く扉を閉ざしたままで、このささやかな中断をきっぱりとはねつけた。そのあまりにも断固たるさまに〝死の静寂〟という表現が頭に浮かび、それがこれまでにないほど適切に思えた。

部屋にたどりつくと、わたしは急いでなかに入り、ドアを閉めた。自陣にもどれたようでうれしかった。巨大な建物のこの一隅は、少なくともある程度、わたしを受け入れてくれている場所だった。いつもならほっとできるのに、いまはまだなにか重苦しいものを感じる。そしてまた、あの、なにかがちがうという印象を覚えた。これで二度めだ――わたしがいないあいだに、なにかが変わっている。だが、なにが？　たまたまわたしの正面にガラスがあった。そしてそこに映った像が、すぐさま答えを教えてくれた。自分の顔が額縁のなかの肖像画のようにこちらを見返している、そういう形でわたしの注意を壁の絵に向けてくれたのだ。わたしは絵を観察しはじめた。一、二歩離れた位置に立ち、あまり気が進まないとはいえ、正直に、公正な目でじっと見つめた。

見たところ、なんの変わりもないようだった。色彩は暗く、宝石のように神秘的だ。顔はぼやけていた。それでもひと目見た瞬間にわかった。この絵に謎めいた重要性を与えていたなにかが失われている。陰影の網の目はするすると隙間をひろげていくように見えたが、あの名状しがたい驚異は消え去って二度ともどらないことがわかっただけだった。なにを失ったのかわからないのに、失ったことで自分が消耗し、脆弱になってしまったことだけは、はっきりとわかった。急に重苦しさを覚えたのはなぜだったのか、そのときはよくわからなかった。どうやらわたしは魔法のような充足した時間がすぎさってしまったこと、そして絵を描くことがいかに楽しかったか、それればかり思い起こしていることに気づいていなかったようだ。なぜ気づかなかったかといえば、絵を描く能力はとにもかくにもわたし自身の財産であり、まさか突然、奪われてしまうとは思いもよらなかったからだろう。

ついさっきまでの時間が、いまはなんと遠くに思えることか――心の内の静けさも、おなじくらい遠くにいってしまった。ペニーとともに夕食の席につく頃には、ふたりで図書室にいったことなどほとんど忘れてしまっていて、なぜペニーがむっつりしているのか理由がわからず、苛立ちを覚えた。と同時に、なんとはなしに彼女への同情心がすっかり失せてしまっているような気がした。みずから正常な自己充足的な状態と自認している冷笑的な厭世主義に立ちもどったしるしだ。彼女の浮かぬ顔つきだけでなく、目に入るものすべてが神経にさわった。周囲の人間といわず物といわず、見るものすべてのあら探しがしたい気分だった。まるでこれまでのなにもかも受け入れようという気持ちが、〈鷲の巣〉にかかわるあらゆるものにたいする普遍的な嫌悪感と入れ替わってしまったかのようだ。その嫌悪感をわたしはすぐさまこんな形で表現した――「この食事、もう少しシンプルにできないのかな?」

ペニーの顔に、驚いたような非難がましい表情が浮かんだ。考えてみると、彼女はなにか変化を提案されるといつもこの反応を示す。なぜ? 彼女は理由を知りたがった。お口に合いませんか?

「いや、そうじゃない」わたしは辛抱強く答えた。「しかし量が多すぎる――手も込みすぎているし。だいたいふたりしかいないのに、どうしてこんなに格式ばった形にしなくちゃならないんだ？」

「わたしにはこの形を変える権限はありません」彼女はすぐさまきっぱりと答えた。神経質そうにちらりと執事のほうを見たが、むろん執事はきいていたそぶりなど露ほども見せない。

わたしはそれ以上しゃべらず、いささか気まずい沈黙のなかで食事が進むあいだ、農民たちのやわらかい靴が床をする奇妙な音と、その自信なさげなへつらうような音を背景にした、執事と従僕たちが叩きだす優位に立つ者の強烈な権威主義的リズムに耳を傾けていた。

いつもならペニーのおしゃべりはある種ユーモラスな快活さにあふれていて、楽しい話し相手といえる。ところがいまはあきらかに意気消沈したようすだ。心配顔でひとこともしゃべらず、テーブルの上のものをいじっている。この頃にはわたしも図書室まで遠征したことを思い出していて、彼女はまだあのことを気に病んでいるのだろうと結論したものの、わたしにはささいなことしか思えないあの出来事をそこまで深刻にとらえるというのが、なんとも信じがたい気がした。そこで彼女の性質がどうこうと細かいことを考えるのはやめて、あの出来事を〈鷲の巣〉を統べている風変わりなシステムとの関係に絞って考えてみることにした。わたしは想像してみた。このシステムはなにか巨大で、つかみどころがなくて、しいてたとえれば大蛇のようで、ここをとぐろのなかに巻き込み、幸福でのびのびとした暮らしをここから絞りとっているのではないか。わたしが絵を描くことを楽しめたのは、その締めつけから一時的に逃れていたからではないか。

「午後はずっとスケッチをしていらしたんですってね」

わたしの考えを読む奇妙な技でも持っているのか、娘はここでわたしの思考の流れを遮った。おそらく会話しようとしただけなのだろう。だが、彼女にとってこれ以上不幸を招く話題もなければ、話の切りだし方も最悪で、わたしはいつのまにか彼女を疑惑の眼差しで見つめていた。たしかになんのいわれもないのだが、初対面のときから感じていて、いまもぬぐいきれない疑惑が、ここでも顔を出したのだ。

あっというまに怒りがわたしを呑み込んだ。彼女への怒り、わたしの行動をいち早く彼女に知らせる農民たちへの怒り、この屋敷の人間すべてが互いに監視しあうようしむけている邪悪なシステムへの怒り。スケッチしていたことを知られるのがいやなわけではなかった。わたしのふるまいはなにひとつ隠すこともない、公明正大なものだったと確信していた。しかし心の奥には、この怒りが完全に客観的なものとしてはあまりに激しすぎる、という不安な思いが潜んでいた。この懸念ゆえに、わたしはテーブル越しに怒りの眼差しを投げ、叫んでいた――「たぶんそれも規則違反なんだろうな！」

秘書の黒い目はまっすぐにわたしの目を見ていた。その目が大きくまるくなっていって、ついにはふたつの銃口をのぞきこんでいるかのような色を帯びた。彼女は心底、怯えているように見え、わたしは一瞬、自分を恥じた——どうして彼女にこんなに辛くあたってしまうんだ？　しかし自分を責め、自分が悪いと考えたとたんによみがえってきたのは、ほとんど忘れかけていた腹立たしさだった。この屋敷ではどうやら彼女のほうが優位に立っているらしいとはじめて感じたときにこみあげてきた、あの腹立たしさだ。もう抑制はきかず、言葉が勝手に口をついて出てきた。「まったく、ここはどうなってるんだ？　監視と秘密だらけなのは、どういうわけなんだ？　あれもいけない、これもいけない、禁止事項だらけなのはどうしてなんだ？　どうして窓を開けるのが怖いんだ？」

こうしてなかば怒鳴るように彼女に質問を投げかけると、たちまち気分がすっきりした。彼女はうなだれていて、顔は隠れている。その姿を見たとたん、ふたたび落ち着かない気分になってしまった。褐色の肌の召使たちが大袈裟なほど謙虚な態度をとるのを目にしたときの、あの居心地の悪さだ。彼女は、いい返してくれればいいものを、辛抱強く押し黙ったまま動かなかった。いったいなにをどう思っているのか？　急に、なにかわたしのあずかり知らぬ謎の事柄について、うっかりとんでもないことをいってしまったような気がして、わたしは弁解がましくいった。「すまない……あんないいかたはよくなかった……個人的なことをいったわけじゃないんだ」

それでも彼女はひとこともしゃべらなかった。いまは妙な姿勢でうずくまっている。両肘をテーブルにつき、両手に顔を埋め、骨抜きになってくずおれている姿は、まるで人形遣いが糸をゆるませてしまった操り人形のようだ。と、わたしの思考が、ここで進行しているすべてのことと切り離すことのできない妙に芝居がかった雰囲気を暗示する方向にずれて、様相が一変して見え、一瞬、すべてがわたしの想像なのではないか、豪奢な部屋も、入念にアレンジされた食卓も、召使も、ペニーその人も、わたしの頭のなかにしか存在していないのではないかと信じそうになった。

この大掛かりな現実感の喪失がわたしの身体感覚に影響をおよぼしたのか、それともその逆なのか、たしかなことはわからない。しかし、とにかく頭がぐるぐると回転しはじめ、なにもかもがぼやけて、はっきりとは見えなくなってしまった。きっとスケッチをしているあいだに軽い日射病にでもなったのにちがいない。その証拠に、触れることも見ることもできないけれど妙に現実的で重苦しい霧のようなものが部屋に入ってきている。身体をロープで締めつけられているような感覚を覚え、両手が胸に押しつけられ、喉に押しつけられ……息ができない……喉が詰まる、窒息しそうだ……。なんとしてもこの部屋から出なければ……。

勢いよく立ち上がると、あたりのものがぐらぐら揺れた。耳に満ちるキーッというかすかな狂気じみた音は、磨き抜かれた床を椅子がすべっていく音だろう。ペニーに、失礼する、といいたかった。が、口から出てきたのは、ぶくぶくと泡立つような不明瞭な音だけだった。もう彼女を見ることもできない。マナーだのなんだのはもうどうでもいい、とにかくドアから外へ出なければと、頭にあるのはそれだけだった。よろめきながらドアに向かうと、進むにつれて行く手にある幻影のような白いものが溶けてゆくのがぼんやりとわかった。

別室でひとりになった瞬間、わたしは大蛇のとぐろから解き放たれ、世界はもとどおり正常にもどった。あんな物笑いの種になるようなことをしでかしてしまった自分が愚かしく思えた。いったいいまのは何だったのだろう？　わたしは太陽のせいにちがいないと自分にいいきかせた。こんど外でスケッチするときには帽子をかぶろう。

その晩は、ペニーとふたたび顔を合わせる気になれなくて、部屋に閉じこもっていた。が、それでも彼女を避けたことにはならなかった。彼女は一晩中、わたしの夢のなかをうろついていた。不穏な夢がつづき、わたしは自責の念にかられて何度も目を覚ました。彼女は怯えている。その恐怖を助長したのは、彼女の都合など考えもせず、どうしても図書室へいくといいはったこのわたし。だからわたしには償う義務がある、と思えたのだ。

朝になり、わたしは彼女と話そうと決心した。いったい彼女はなにを恐れているのかききだして、できるかぎり力を貸してやる心積もりだった。わたしはある計画を用意して、朝食をとりに階下に下りていった。朝食がすんだらすぐ、まだ涼しいうちに散歩に誘って庭園へ連れだすのだ。そこでなら盗み聞きされる危険もなく、話ができる。

ところが朝食のテーブルに彼女の姿はなく、ようやくあらわれたのはわたしが席を立とうとする頃だった。しかしわたしは計画の最初の部分を切りだす言葉を口にしなかったし、計画のどの部分も実行に移さなかった。なぜなら彼女がこのうえなく自信に満ちた、このうえなく冷静な態度をとっていたからだ。この落ち着きはらった若い女性に、怯えた少女にたいするような言葉をかけるのはばかげている、いや侮辱的ですらあると思えた。

いずれにしても、最初に話しかけて主導権を握ったのは彼女のほうだった。彼女はさりげなく、体調が回復したかどうかたずね、つづけて、いま車を街へいかせる手配をしたところで、まもなく出発します、といった——あなたもいらっしゃいます？　いい気分転換になりそうだし、なんなら買い物もできるし。

わたしは一も二もなく答えた。「ああ、ぜひいきたいな」彼女に話すのは、べつに急がなくてもいい。話そうと思えばいつでも話せる。それにたいしてスケッチを売る機会は唯一無二だ。こんな絶好のチャンスを逃すわけにはいかなかった。まったく、いつも不運に見舞われていることを考えれば、思いがけずこれほどの幸運に恵まれるとは、にわかには信じがたいほどだった。

わたしはさらに数分、ペニーとともにいて、だいたいの街のようす、どんなものが見られるか、等々、彼女の説明にある程度、耳を傾けていた。が、心の大半は彼女から遠く離れて、まだ濡れている絵の台紙をどうしようかと考えていた。大きな封筒に入れるか、紙で包むかして、郵便物を出すように見せかけなければならないのだ。

7

まるで持ち前の計画性が枯渇してしまったかのように、スケッチを売ることにかんしては前もってほとんどなにも考えていなかった。わたしを街まで送ってくれる農民のお抱え運転手の横に黙ってすわって考えてはみたものの、きめたのは適当な店を見つけようということと、店主に絵のことを話し、委託で店に飾って売ってほしいと頼む際のせりふはそのときの勢いにまかせようということだけだった。

驚いたことに、とてもふつうとは思えない幸運の連鎖はまだつづいていて、メインストリートで車を降りるとすぐに、目的にぴったりとおぼしき画材や文具を売っている店にいきあたった。ところが、いざなかに入ろうとした瞬間、あとになって考えてみればいつもあきらかなまちがいだったと知れる、あの考え直すくせが出て、時間はたっぷりあるのだから、まずはぐるりと見て回ればもっといい店があるかもしれないと思ってしまったのだ。

ほんの数歩、進んだときだった。わたしの名を呼ぶ娘の声がきこえた。その声をきいているうちに、通りの光景はぼやけていった。

「こんにちは！　お元気？　どうしていちども会わないのかしらって、不思議に思っていたんです――もうどこかへいってしまったのかな、なんて思っていたら――」あの長旅での出来事や空気感がよみがえってきた。一瞬、車内の暑苦しい、むっとする臭いすら漂ってきたような気がした。だが、声の主の手を心底うれしく握りしめたときには、記憶は遥か彼方に去っていた。

「〝ミス美容師〟くん！　会えてうれしいよ……いや、まったくもってすばらしい……」不思議なことに、この言葉は正真正銘の真実を語っていた。だがその不思議さも一瞬のちには遥か彼方に去り、娘を称賛の眼差しで見つめるうちに、このうれしさは世界一自然なことのように思えてきた。娘は一瞥以来、驚くほどに大人びた美しさを開花させていた。

まるで人形の仮面がはずされて、ありふれた可愛さの下にある個性的かつチャーミングな人格が姿をあらわしたかのようだった。「元気かどうかたずねる必要はなさそうだね」とわたしはいった。「すばらしいのひとことだ……最高だよ……」その優雅な姿、魅力的な顔から目が離せなかったが、彼女がそれを気にしていないようすなのが、なんともうれしかった。彼女のほうから声をかけてきたと思うと、いっしょにいてもとても気が楽だった。とにかく、わたしを避けようと思ったら、黙ってさえいれば簡単に避けられたはず――それが、思い返してみれば、数歩、わたしを追ってきたのだ。そう考えると気分が高揚した。彼女は、わたしと親しくつきあうのを当然のこととして受け入れているように思える。わたしは彼女と歩調を合わせ、きょうはついているいると話しながら、まるで待ち合わせでもしていたかのように、彼女と並んで通りを進んでいった。

心地よい興奮が高まっていく。若い頃に経験して以来、ほとんど忘れかけていた感覚だ――思いがけず休みになった日の、驚きと冒険の可能性に満ちた、あのわくわくする気分。この素敵な娘が連れになってくれたことで、休日がいっそう華やぎ、完璧なものになった。これまで背負っていることにさえ気づかなかった重荷がとりのぞかれたようで、硬い舗装路を、ふかふかした芝生の上でも歩くように弾む足取りで歩いていける。わたしは、絵を描いていたときに感じた穏やかな幸福感がもどってきたわけではないことに気がついた。失われてしまった静穏さと、いまの連れから生じる五感を刺激される感覚とは天と地ほどもちがう。たまたま通りかかった店のショーウィンドウに大きな鏡が置かれていて、彼女がまるでわたしを出迎えるかのように近づいてくるのが見えた――しかし、その隣にいる若い男はだれだ？　無帽で、彼女同様、若々しい動き、彼女同様、風に髪をなびかせ、彼女同様、楽しげな笑みを浮かべている男。その鏡像が自分とわかって、わたしは心底、衝撃を受けた。自分の目が信じられなかった。いま見ているのは、厄災に打ちのめされる前のわたし、永遠に縁が切れたと思っていた大地の上を歩く若者の姿だ。

わたしは、純真無垢という魔法で失った若さをとりもどしてくれた娘に心から感謝し、おなじ純真無垢の精神でその若さを受け入れた。遊び友だちが差しだす菓子や玩具を、あれこれたずねたり、どこから持ってきたのだろうと考えたりせずに受け入れる子どものようなものだ。

彼女はわたしを完全に魅了し、わたしは心を奪われていた。のぼせあがっていたといってもいい。彼女のなにもかもがわたしのよろこびを増幅させていた。品のよさ、元気さ、明るく親しげな雰囲気、スカートが風に吹かれて扇形のひだをつくり、わたしの足にあたって小さく波打つさま。ふたりの前に楽しさに満ちた一日が大きくひらけているような気がした。太陽の晴れやかな色と強さが愛しかった。忙しげに動いていながらゆとりがあり、混み合ってもいない通りの光景が愛しかった。車の騒音、通行人の足音や声が、静寂の世界にひきこもって暮らしていたわたしにはいい刺激になった。それもすべて、この娘のおかげ。荒涼の地、命なき壮麗な世界から、噴水が狂った亡霊のように回転し、ささやいているだけの人気のない庭園から、わたしを救いだしてくれた彼女のおかげだ。気持ちが昂ぶってきちんとものが考えられないまま、わたしは彼女の腕をとった。すぐになくなってしまうぞ、必死でしがみつけ、とせっつく本能に突き動かされてのことだ。わたしの願いはただひとつ、彼女をしっかりとつかむこと、彼女を通じて若さと命と幸福をつかむことだった。

彼女がなにを話しているのか、ほとんど耳に入っていなかった。彼女がもたらしてくれたこのすばらしく美感に訴える脈打つ命、わたしの世界から奪われて久しい命を、水のない砂漠で道に迷った男さながら、ごくごくと飲み込んでいた。クリスマス・イヴにあれほど激しく渇望しながら得られず、もう二度とだれかと分かち合うことなど許されないかもしれないと恐れていた、人との触れ合い。その単純にして禁断の秘密に、もう少しで手が届きそうな気がした。これほど暖かな輝く瞳でわたしを見上げて微笑んでいるこの娘と、触れ合いを分かち合うことができたなら！　あのときは街路に飛びだしたいと強く思ったが、いまはそれとおなじくらい強く、彼女に両の腕を回してキスしたいと思っている――これはけっして大袈裟な意味合いではなく、なんとなく幸福な気分の延長といったものだったが、それでもいい加減、気を落ち着かせて、彼女の話に耳を傾ける努力をしなくてはという気がした。

「ホテルの美容室の仕事がもらえたなんて、わたし運がいいでしょう？」彼女がしゃべっていた。「支配人がとても親切にしてくれて。わたしと母専用のスイートルームまで用意してくれたの。仕事も楽しくて。ここはとても楽。仕事と思えないくらい。掃除も荷物運びもしなくていいんですもの――みんな農民がやってくれるから。実際、わたしたちに仕えているようなものなの。勤務時間もずっと短いわ。故郷ではだれも知らないような最新の器具がたくさんあるし。ほかにも、あっちではだれも考えつかなかったようなことがいろいろあってね。たとえば、お客さんがドライヤーに入っているときにファッション・ショーを楽しんでもらったりするのよ。このドレス、それでもらっちゃったの。お客さんの、あるご婦人がプレゼントしてくれたのよ――気前がいいでしょ？　有名デザイナーのオリジナルよ。そのご婦人が脱色しているときに、わたしにこのドレスを着てみなさいっていってね。そうしたら、そのドレスはあなたにぴったりだから、ほかの人になんか着せられないわって――どう思います？」

「きみがこのうえなく美しいからだろうね」わたしはそういいながらドレスではなく、彼女の優美な若い肉体のことを考えていた。その肉体ゆえにわたしの血は尋常ならざる騒ぎ方をしているし、抱きしめたいという思いはますます強まっている。

わたしたちの歩調はしだいにゆるやかになり、ついに時計塔の下で足が止まった。オープン・カフェのテーブルに木立が影を落としている場所だ。一瞬、話が途切れた隙に、激しい不安を感じると同時に自分の言葉のこだまをきいたような気がした。場ちがいな響きだった。深刻すぎる。強すぎる。見当はずれで、この状況をねじまげてしまっている。娘が驚いた顔でわたしを見ている姿が脳裏に浮かんで、わたしはあわてて笑顔をつくり、ごくふつうの会話の口調でいった。「けっきょくきみは、あっというまにここの暮らしに慣れたようじゃないか。列車のなかで話したこと、覚えているかい?」

「故郷を離れるのをあんなに怖がっていたなんて、ほんとうにおばかさんだったと思うわ」

彼女が微笑んでいるのを見て、わたしは胸をなでおろした——たぶん、わたしの挙動になにも不審を感じていないのだろう。彼女はしゃべりつづけ、わたしの思いは木陰のテーブルの上をさまよった。まだ早い時間なので、席はほとんど空いていた。ランチタイムには間があるが、ちょっとすわって飲み物かアイスクリームでも、と彼女を誘ってはいけない理由はどこにもない。そしてどうにか会話をひきのばすことができたら……。

「もう故郷へなんか二度と帰りたくないわ——絶対に!」断固とした口調で彼女が宣言した。ちょうどそのとき、単純ながら必要充分な理由で、食事にしろ何にしろ彼女を誘うわけにはいかないことを思い出した。わたしは一文無しなのだ。そのときは、なぜ彼女の最後の言葉が、屈辱的で苛立たしくて腹にすえかねる金欠という事実とおなじくらいの重みで、急な気のふさぎの理由になったのか、わからなかった。わたしの幸運は尽きた。それはうんざりするほどあきらかだった。頭上の時計が時を打ちはじめた。どういうわけかわたしには、あの四つの青い文字盤が、わたしの幸福を打ち砕こうとする敵だと、最初からわかっていた。そしていま、時を告げる音が石のように冷たい正確さで宙に降り注ぎ、あの脆い構築物を完膚なきまでに打ち砕いてゆく。

まるでそれが合図であったかのように、娘が叫んだ。「あら、たいへん！　急がなくちゃ。支配人がお店のあたらしい上っ張りの生地を選ぶのをお手伝いするって約束していて、待たせるわけにいかないから」しゃべりながら、彼女は腕をひっこめた。だが、わたしは素早い動きでその手をつかみ、しっかりと握りしめた。抑えきれない感情のなせるわざだった。そこにはどういうわけか、支配人なる人物もかかわっていた――この見知らぬ支配人のことを考えると、なぜか胸が騒いでならなかった。

「まだいかないでくれ！」わたしは懇願した。「どうしてもいくのなら、店までいっしょにいかせてほしい――わたしを追い払ったりしないでくれ……」この数分間のよろこびは燦然と輝く夢のようだった。その夢は消え失せた。夢を覚ましたのは膚を刺すような失望だ。彼女がいってしまったら世界が終わるとばかりに彼女を引き止めるのに必死だったわたしは、自分がなにをいっているのか、ほとんどわかっていなかった。

「でも、ここがお店なんですもの――これ以上はいきようがないわ。支配人はたぶんなかで待っていると思うし」

わたしの奇妙なふるまいや心の動揺に彼女が気づいてしまったのはまちがいなかった。当然、その影響があらわれるはずだ。彼女は驚くと同時に神経質になっているような気がした。わたしに手を握られたまま、できるだけ遠くへ離れようとしているのが感じられる。不意に彼女の指がこわばり、抵抗しはじめた。この状況を長引かせてもしかたないことはわかっていた。長引けば長引くほど、ぶざまなことになるだけだ。しかし、自分自身に手をはなせと命じても、筋肉がいうことをきかなかった。わたしは、まるで命ある世界との最後の絆ででもあるかのように、彼女の手にしがみついていた。

顔にあらわれているであろうものを見られるのが怖くて、彼女がいった店のほうに顔を向けると、そこにあったのは意味のない、にじんだ色彩のほとばしりだった。「なるほど、それではここでさよならするしかないな」わたしはいった。ふだんの声の不快なパロディのような声だった。「すばらしいひとときだったよ、きみに会えて……話ができて……」

わたしが難儀するさまを見て哀れに思ったか、それとも女としての虚栄心をくすぐる賛辞ととったか、彼女は緊張を解き、愛嬌たっぷりの子どもっぽい後悔をにじませて、いった。「でも、わたしばっかりしゃべってしまって——どうして止めてくださらなかったの？　つぎは、あなたのほうのニュースをぜんぶきかせてもらわなくちゃ。また近いうちにお会いしましょう……住所を教えていただけます？」

わたしは少しばかり突飛な空想にとらわれた。彼女の最後の問いかけが、スピードは遅いが危険なミサイルのように、こっちへ向かってくる。頭が混乱して余裕のないわたしはぐずぐずしているうちによける暇がなくなってしまった——もう手遅れだ。ミサイルが標的に、わたしに、命中した。答えを拒否することはできないし、これ以上彼女の手を握っているわけにもいかない。彼女の手がわたしの手のなかで苛立たしげにビクッと動いた。ちょうどそのとき、ふたりでそんなところに立っていては邪魔になることを身をもって示すかのように、通行人がぶつかってきた。一瞬にして、わたしは足場を維持できなくなってしまった。

「わたしは街の外に滞在しているんだ」このあいまいな返事で彼女が満足してくれることを願いながら、わたしはぼそぼそと答えた。しかし彼女はちゃんと場所を教えてほしいといって譲らず、わたしから答えを引きだした。「〈鷲の巣〉だ」——これが彼女にとってなんの意味も持たないといいのだが！

しかし、彼女が「〈鷲の巣〉」と繰り返しながら徐々に遠慮がちな、一歩退いた目つきでわたしを見るにおよんで、わたしはこの大邸宅の名を口にしただけで、すべてをだいなしにする効果が生じてしまったことに気づいた。それはふたりがいま立っているところまではるばるのびてきた黒々とした影だった。わたしはなんの驚きもなく、彼女の言葉をきいていた。「それじゃあ、あなたはとても偉い方なのね。通りでホテルの美容師なんかと立ち話していてはいけないわ！」彼女は笑いながらそういった。しかし、いくらか気後れしていたのだろう、その笑い声は心底からのものにはきこえなかった。こんなことははじめてだった。彼女はふたたびわたしを奇妙な目つきで見た。そして手をひっこめ、ひらひらふると、素早くくるりと店のほうを向き、立ち去ってしまった。

頭に浮かんだのは、「すべて終わった……」ということだけだった。なにもかも、あまりにも早く終わってしまった……あまりにも早く……。まるで急降下するエレベーターにでも乗っていたかのように気分がいっきに落ち込んで、軽い眩暈すら感じるほどだった。つかのま、痺れたような喪失感がほかのすべての感情を威圧した。やがていくらか回復したわたしは、娘を追うかのように店のほうに向かって動きだした。彼女の魔法で、わたしは時代遅れの青年の役を演じることができたのだ。だが、数歩進んだところで、わたしは踵を返し、反対方向へ向かった。彼女がひとりではないことを思い出したからだ。支配人には絶対に会いたくなかった。だが、それだけが彼女を追うのをやめた理由ではないことを、わたしは自覚していた。

人を若返らせてくれる彼女が存在しなくなったいま、わたしが演じていた役はすでに魅力を失いつつあった。もうその役にふさわしくない気がしたし、興味も薄れはじめていた。役に欺かれてなにやら愚行めいたことをしていたのではないかと不安になり、なにもかも忘れたくなってしまった。だが、ショーウィンドウの鏡に映っていた姿も、いま心の目に見えている姿も容易には忘れることができぬまま、わたしはどこへいくのか考えもせずにぶらぶらと歩きつづけた。わたしの思いはその姿の周囲をぐるぐると回りつづけた。まるで古い肖像画のことをあれやこれや考えているかのように、いまや純粋に客観的な好奇心で眺めていた。最初に見たときの瞬間的な印象は、それは鮮やかなものだったが、もはやあの、ふさふさの髪を風になびかせていた、そこそこ魅力的な青年と自分とが同一人物とは思えなかった。わたしはほんとうにあんなふうに見えていたのだろうか？　とても信じられなかった。若き日のわたしは、完全に消え去ってしまった輝かしい夢の一部にすぎないのではないだろうか。

「こんどはほんとうになにか落っことしちまってるよ！」

いきなりあの花売りの声がきこえて、わたしは飛び上がった。彼女の鋭い眼差しに、ぎょっとして足が止まった――こんなところでなにをしているんだ、大通りで人を驚かすなんて、駅の外で日傘の下にすわっているはずなのに。ばらばらになっていた理性をかき集めてよく見てみると、花売りは前に会ったときより洒落た格好をしていた。そしてわたしは二度めの、最初よりずっと強烈な衝撃に襲われた。彼女がわたしのスケッチが入った封筒を差しだしていたのだ――

これを落として気づかないなんて、そんなことがありうるだろうか？

「あんた、うっかりやさんだねえ。面倒見のいい奥さんをもらったほうがいいよ」

その言葉は、きこえてはいたが右から左へ抜けていった。また時計が時を打ちはじめて、さっき鐘の音がきこえだす直前に不意に降りたった悲しみがよみがえってきたからだ。いま気がついたのだが、あの悲しみは、ここにきてからのわたし自身の進歩とあの美容師の娘の進歩とを無意識に比較したことから生じたものだった。彼女は経験も浅く、まだ子どもといっていいくらいの年なのに自力でりっぱに前進していた。ところがわたしは、ここに彼女とともに到着した日から一歩も進んでいない。

時計は、もうひとつ、もっと現実的で重要な、不安をかきたてるメッセージを伝えていた。車が〈鷲の巣〉に向けて出発する前に画材店で取引の話をする時間がなくなってしまいそうなのだ。これでいっきに気が引き締まり、ほかのことはすべて頭から消え去った。そこには、瞬間的に画面が切り替わるように、いま夢見心地にぼうっとして注意散漫だったと思うと、つぎの瞬間には精力的で実際的でぬかりなく気を配っている自分がいた。

花売りはわたしに封筒を渡したあとも一向に立ち去る気配を見せなかった。だがわたしはここで足止めされてなるものかと固く決意して、あわただしく、しかし丁重に礼を述べ、腕時計を見ながらいった。「申し訳ないが急いでいてね……いやもうこんな時間になっていたとは……」立ち去る前に、なにか約束があるというようなことをいい添えた気もする。しかし、温暖な地に住む人間はゆっくりと歩くのが習い性になっていて、なかなか先へ進めなかった。歩道は、立ち止まっている連中や三、四人横に並んでぶらぶら歩く連中で混み合い、狭くなっている。ちらっとふりかえると、かかわりたくない女はまだすぐうしろにいた。そしてつぎに往来をわたろうと立ち止まっているあいだにわたしに追いつき、わたしとともに往来をわたり、わたしがあの美容師にしたことをなぞるかのように、わたしの隣に並んだ。歩幅が大きくて、なんなくわたしのペースについてくる。

「あんた、どうしていつも急いでるの?」うちとけた口調で彼女は話しかけてきた。わたしが答えずにいると、声音を変えてつづけた。「ああ、怒ってるのね……こんなふうについてくるなんて、あつかましい無礼者だと思ってるんだ。でもねえ、これにはちゃんとわけがあるのよ。そのうち、ありがたかったなあと思う日がくるよ」

こっちの気を惹こうとしているだけだろうと判断して、わたしは頑なに沈黙を守りとおした。だが、彼女の質問欲を満たしてやる気はさらさらなかったものの、隣にいるその豊満な肢体、そしておよそ無知とはいいがたい目が生きいきと輝く美しい面差しが気になって、こんな状況でなかったら連れになるのを厭わしく思ったりはしなかっただろうと考えたりした。が、いまはとにかく厄介きわまる存在でしかない。

ふと見ると、わたしの出発点であり、現在の目的地である画材店までもうすぐというところまできていた。さてどうすればいい？　もし店に入れば、たぶん花売りもついてくるだろう――なにしろ並みの女一ダース分のずうずうしさの持ち主だ――そうなったら、彼女が見ているまえで店主に声をかけてスケッチを見せなければならない。「とんでもない、そんなのは論外だ」とわたしは自分にいいきかせた。これでまた私事にかんしてあたらしい秘密を抱えることになってしまったような気がして、少々気が重かった。

ところがこのささやかな問題はすぐに頭から消えてしまった。隣にいる女が突然わたしの腕に触れて通りのまんなかにあるくすんだ緑の島――道路は二手に割れてその島を取り巻き、島の向こうでまたひとつになっている――を指差し、こういったからだ。「あの公園にいきたいんだけど、車が怖くて――あそこまでいっしょにわたってくれない？」

彼女が白い歯をのぞかせて笑うのがちらりと見えた気がして、少し怖めの顔で彼女を見たが、彼女は引き下がらなかった。「あんたは女の頼みをことわるようなことはしない人だよね」

彼女を追い払うにはこれがいちばん手っ取り早い方法かもしれない。わたしはそう判断して彼女の肘の上あたりをつかみ、せかせかと道路をわたった。「たいしたあつかましさだ、きみには降参するしかないよ」わたしはぶっきらぼうにいった。まったく彼女の恥知らずな手管には恐れ入るしかなかった。ここからずっと走っていけば、まだ店にいけるだろうと思って、わたしはダイバーよろしく歩道の縁石に立ち、車の流れが途切れたらすぐさま飛び込もうと身構えた。

ところが車はつぎつぎにやってきて流れは一向に途切れず、わたしはいつのまにかまた花売りの声に耳を傾けていた。その声はいまや人をなだめすかすかのような親密さを帯び、うまずたゆまず巧妙に耳に入り込んでくる。「しつこくせがんだからって、気を悪くしないでおくれよ……どうしても、あんたをここへ連れてこなくちゃならなかったんだ。内密に話さなくちゃいけないことがあって、このあたりじゃ、ほかに適当な場所、思いつかなかったもんだから」

「内密にって――なんの話だ?」びっくりしてついそんなふうにききかえしてしまったのは無理からぬことだったと思う。が、どうしてそこでぐずぐずしていたのか、チャンスがあるうちに逃げださず、彼女が腕をからめてくるのを止めもせず、しっかりと捕まえられてしまったのか、そこはいいわけのしようがなかった。

「木陰にいこう」そのささやき声には人を説き伏せる誘惑的な力があった。「そのほうが涼しいし、ここより静かだから」

「そんなことをしてはいけない」とぼんやり考えながらも、わたしは彼女に導かれるまま木陰に入っていった。まるで催眠術にかかったようだった。なにひとつ考えがまとまらなかった。突拍子もなく、「公園をつくるにはずいぶんと風変わりな場所だ」と思ったのは覚えている。たしかに、四方を車の騒音と排気ガスに囲まれた、ほこりっぽい、くたびれた草木が植わっているだけのその一画ほど魅力に乏しい場所はそうそうあるものではない。花売りは内密の話ができるようなことをいっていたが、そんな空間さえありはしなかった。ふと気づいて驚いたのだが、そこは街の恋人たちが足繁く通う場所のようで、ベンチにも押し潰された植込みのあいだにも、カップルが寝そべり、人目もかまわず絡み合っていた。

わたしの視線は轟音をまきちらす巨大なトラックへと移った。トラックは危険と思えるほどの角度でわたしたちの頭上にのしかかるようにして通りすぎていった。わたしは、絶え間ない轟音とそこに句読点のようにかぶさる半狂乱のクラクション、そしてあたりに満ちる混沌、混迷の空気にすっかり惑わされていた。まるで、絶えず波が打ちつける大海のただなかの小さな岩に立っているようだった。いつ呑み込まれても、騒音の洪水にさらわれてしまってもおかしくない気がした。

わたしがこの修羅場に動揺しているのにつけこんで、女は不意に身をかがめ、スケッチをひったくろうとするかのように横ざまに手をのばしてきた。彼女がいちどはそれを手に入れていながら返してよこしたことも忘れて、わたしは本能的にさっとスケッチを彼女から遠ざけた。ところがそれでバランスを崩されたとみえて、彼女はわたしの胸に両手をひろげて飛び込む形になってしまった。わたしは彼女の重みでふらつき、強い香水の匂いで息が詰まりそうになった。どこか下のほうの胸骨のあたりから、彼女の声がきこえてきた。「その絵のことで、どうしても話さなくちゃならないことがあるんだ——すごく大事なことなんだよ」だが彼女を追い払いたい一心で、わたしは「きみに絵を見る権利などない」とだけ、小声でいいかえした。

　わたしは、なんとしても彼女から離れようと心にきめていた。しかしどうやら彼女のほうも、梃子でも動くまいと決心しているようで、一向に追い払うことができなかった。そうこうしているうちにふと気づくと、そばで絡み合っていたカップルが一、二組、愛の営みを中断して、じっとわたしたちを眺めているではないか。顔がにやついているのを見て、ぴんときた。かれらの目には、わたしが、気の進まない相手にいいよられて、はねつけようとしているけれど、事は彼女の思いのままに進んでいる、というふうに見えているのにちがいなかった。見物人にこれ以上、楽しみを提供するのは不本意なので、わたしは不快な思いをぐっとこらえて口をつぐんだ。

　花売りはこれを誤解したようだった。「あたしが見たからって、心配しなくていいよ。あたしは自分に関係ないことを他人にいいふらすようなことはしないから。あたしはね、できるだけ他人様をトラブルに巻き込むようなことはしたくないと思ってるんだ――もちろん、あんたのことだって。あんたって、すごくよそよそしいけど、なんとなく好きなんだよね」彼女はやっと身体を起こした。離れることができて、ほっとしたものの、彼女はまだわたしの腕をつかんだままだった。「けどね、その絵は絶対にほかの人に見せちゃだめだからね」彼女の話はつづいた。「あんたのためを思っていってるんだよ。あんたは余所者だから――あたしたちのやり方は理解できないと思う……見た目ほど単純じゃないこともいろいろあるんだよ」

急がなくてはいけないことはわかっていたが、彼女の言葉に好奇心をくすぐられたこともあったし、好きだといわれて彼女に親しみを覚えたこともあって、ついつい耳を傾けてしまった。「誤解しちゃいけないよ――あたしはあんたの力になりたいだけなんだから。理解できないことに掛かり合いになるのは危険だよ――そうなりそうだってきいたからさ」

「だれにきいたんだ?」わたしはいささか憤然とした口調で、彼女の話を遮った。が、彼女はそれには答えずに、いった。「いいから、いいから。あんたはあたしたちのことをよく知らないということだけ、忘れないで。あんたがいたところでは正しかったことが、ここではまちがいだったりするの。たぶん、基準がちがうんだろうね――とにかく、もしあんたのスケッチが見られちゃまずい人の手に渡ったらと思うと、ぞっとするよ」

「おい、何なんだ、いったい！」わたしは笑顔で抗議した。「さっぱり呑み込めないな。そりゃあ、わたしは無知な余所者かもしれないが、人畜無害なスケッチが原因でトラブルに巻き込まれるなんて、いくらなんでも信じられるわけがない。わたしをからかっているとしか思えないね」

肯定の笑顔のかけらも見せずに、彼女は答えた。「生まれてこの方、これほど真剣になったことはないよ」そして自棄気味とも思える口調で、こうつけ加えた。「ああ、いったいどうしたら信じてもらえるんだろう？」

わたしは茫然と彼女を見ていた。そのぽかんとした顔に不意を突かれたのか、彼女のいちばんの持ち味と思える図々しさがはじめて影を潜めた。そして彼女は、当惑したようにわたしの腕をはなした。おそらくこの一瞬の当惑を隠すためだろう、彼女は話をつづけて、しだいに持ち前の自信と落ち着きをとりもどしていった。

「この際だから、もうひとつ忠告しておこうかね。あせっちゃだめ。肩の力を抜いて、あんまりくよくよしないこと。あんたみたいに、めったやたらに突進するのもだめ。あんたの世界ではそれが成功につながるかもしれないけど、〈鷲の巣〉ではなんの結果も出ないよ。それから、いますぐなにかを変えようなんて思わないこと。何百年も変わらずにつづいてきたことを五分で変えられないのは、あたりまえの話だろうが」

「それは一理あるな」彼女をしげしげと見ながらそう答えたが、彼女のいうことよりもっと気になることがあった。「どうして、〈鷲の巣〉のことをそんなによく知っているんだい?」とたずねたが、答えはなかった。

花売りはすでに数歩、離れていたから、質問が車の騒音にかき消されてしまったのかもしれない。それに彼女の姿もわたしの視野からはずれかけていた。ひょっとしたら髪に手をやっただけだったのかもしれないが、通りの反対側にいるだれかに手をふっているようにも見えた。そっちに、わたしに見られると都合の悪いだれかがいたにちがいないという気がした。なぜなら、彼女が急にその場から立ち去ろうとしたからだ。彼女はあわただしく暇乞いをして踵を返したが、くるりとふりむくと、まばゆいほどの笑顔を閃かせて大声でいった。「いまいったこと、忘れちゃだめだよ……それから、こんどまた会うときまで、なにもなくしたりしないように気をつけてね」

そして彼女は躊躇なく車の流れに飛び込んでいった。なんと無謀な。わたしを公園に連れてくるためのいいわけを考えると、苦笑するしかなかった。彼女より慎重に道路を渡っているうちに彼女の姿を見失ってしまったが、反対側に着く前に、彼女と似ていなくもない人物がグレーの服を着た女と並んで角を曲がっていく姿がちらりと目に入った。

その瞬間、時計が時を打ちはじめて、彼女のことを頭から追いだしてしまった。お抱え運転手と落ち合う約束の時間だ。運転手はその時間に出発するよう指示を受けていた。その指示に反するようなことはするわけがないから、たとえわたしが姿をあらわすのを待つとしてもせいぜい一、二分がいいところだろう。

もはや絵を店に持っていくことなど論外。問題は待ち合わせ場所までまっすぐ走って、置いていかれずにすむかどうかだった。エンジンをかけ、運転手がわたしの姿を探して心配そうに通りのほうを見てはいたが、まだ車が待っているのが見えたときの安堵感は大きく、スケッチの件の失望を補って余りあるものだった。さらには花売りの忠告をどうするか即断しなければならない状況から解放されて、わたしはなんとも認めがたい安堵感すら覚えていた。もちろん、わたしの心の意識的な、思考する部分は断固として否定していたが、より深い、より本能的なレベルでは、彼女が正しい可能性もあるのではないかと気づいていたのだ。

8

ペニーと話さなくては。気は進まなかったが、街からもどって考えたのは、そのことだった。街への遠征は、なにひとつ実を結ばなかったうえに、思いのほか疲れた。秘書を探して、いきあたりばったりに、ふだん彼女がよくいる場所にいってみたが、どこにも見当たらなかったので、話すのはまたこんどでもさしつかえないと結論を下した――時間はいくらでもあるのだから。

夕食の時間になっても、彼女は一向に姿をあらわさなかった。夕食はひとりで摂ることになるときいたときには心底、驚いた。いるのは給仕する農民だけで、お目付け役の執事や従僕たちもいない。こんなことははじめてだったから、この大規模な計画的欠勤には興味をそそられた。黙っていられずに白い制服姿の給仕にたずねてみたものの、すぐにあきらめた。だれにたずねても否定的な態度で、ただ目を伏せてわたしのまえに立ち、白い綿の手袋をした手を屈従的に、悲しげに、だらりとさげたまま、ひとことも答えられないか、答えようとしないかのどちらかしかなかった。

腹立たしいというよりは、悩ましかった。わたしは自分を責めた。わたしには、かれらの謙虚さ——それが真実のものであれ、装われたものであれ——という障壁をのりこえるだけの人としての情味が欠けているのだ。わたしにできるのは、かれらが気を悪くしないよう、うんざりするような形式ばった手順をはぶくことはあえてせずに、できるかぎり早く食事をすませることだけだった。やっと食事が終わってひとりになれたときには、ほっとした。

だがそのあとには、長く孤独な夜がわたしを待ち受けていた。思いもかけぬ試練だった。わたしは本を片手に、どこにも落ち着くことができぬまま部屋から部屋へとさまよった。静まりかえった広大な屋敷の空気がいつにもまして重苦しく感じられた。この屋敷は、わたしが存在するのをただお情けで許してくれているだけのような気がした。もしどこかに腰をおろしたりしようものなら召使たちが飛びかかってきて外へ放りだし、わたしがそこにいた痕跡を跡形もなく消し去り、その部屋のしみひとつない完璧さをとりもどすまで納得しないのではないだろうか。あまりにも突拍子もない夢想だったので、わたしはすぐさま無理やり腰をおろしてみた——意地でも読書に集中してやる。快適にすごす道具立ては、考えうるかぎりなにもかもそろっていた。だが、優美な椅子も、やわらかにほの暗く光るランプも、さあどうぞといわんばかりに蓋のあいたシガレット・ボックスも、すべてが美術館の展示品よろしくロープの向こう側にあるように思えた。けっきょく、すわってはみたもののすぐに立ち上がって、またひとり寂しくさまよいつづけるしかなかった。

思うに、こうした贅沢品が近寄りがたいものに見えてしまうのは、この屋敷におけるわたしの中途半端で曖昧な立場が原因ではなかろうか。そしてまた、奥深くに埋められていてぼんやりとしか思い起こすことができない記憶、過去の不幸ばかりを連想させる記憶が呼び覚まされる気がするのも、そのせいではなかろうか。

完璧な静けさは、時間がたつにつれてますます押しつけがましさを強め、ついには耐えがたいほど脅迫めいたものさえ感じさせるものになっていった。さらに悪いことにわたしは、自覚してはいなかったが、まだ午前中の出来事の影響から抜け切れていなかったにちがいない。失われた若さをかすかに思い出させるものがいまだに神経を昂ぶらせ、意識に立ち入ってくるのだ。いきかう車の音や足音や声が、街で話したことやちらりと見た光景の断片とともに、思考の背景に流れ込みつづけている。空っぽの部屋から部屋へゆっくりと歩くあいだ、張り詰めた静寂を破るものは、わたしの足音だけだ。短い時間だったが、ここよりずっと活気にあふれた場所を訪れたことで、わたしの本能はこの重苦しい壮大さに反発を覚えていた。いまやわたしは、抑圧的で非人間的で生気のない、虚ろな、静まりかえった敵意に取り囲まれている。

「今宵の屋敷は美術館というより死体保管所のようだ」と思いながら腕時計を見ると、さっき見てから五分しかたっていなかった——五時間にも感じられたのに。ペニーはいつもどってくるのだろう? なぜわたしになにもいわずに出掛けてしまったのだろう? 不本意ながら、彼女がいなくて寂しいと認めざるをえなかった。これまで彼女といっしょにいるときは、面白がりながら寛容の心で接する以外、なにを感じていたわけでもなかったのに、いまはこのぞっとするほど重い静寂とわたしとのあいだの緩衝剤になってくれるだけでもいいから、ここにいてほしいと切実に願うばかりだ。静寂の重苦しさは物理的に感じられるほどになっている。なにか合理的な理由を見つけようといろいろ考えて思いついた。空気が重いのは、嵐が近づいているからではないだろうか。

熱気がいつもよりひどいのはたしかだし、陽が沈んでだいぶたつのに和らぐ気配はない。屋敷内をうろついている途中で空調の効いていない場所にくると、むっとして息が詰まるようで、いそいで涼しい部屋にもどったりしたが、部屋に入れば入ったで密閉空間に閉じ込められたようで閉所恐怖症よりもひどい状態になり、ふたたびさまよいつづけるしかなかった。

気がつくと階段の下にきていて、まだ早い時間だが自室にもどろうと唐突に決意した。地獄のように暑いにちがいない。だが少なくとも自室なら、不法侵入者のような気分にならずに、腰を落ち着けて本を読めるはずだ。階段を上がりはじめると同時にドアが開く音がきこえて、わたしは足を止め、出掛けてしまったペニーに、そして理不尽に苛ついている自分にも腹を立てながら思った。「やっと帰ってきたか」

ほかのだれかが入ってきた可能性などまったく頭になかったから、執事が格調高い家具のあいだを縫ってやってくるのを見たときには心底、驚いた。彼は静かにひとこと、こんばんはと挨拶して通りすぎていったが、わたしはなぜか狼狽して、どことはなしに聖堂番を思わせるそのうしろ姿を見送った——と、不意に閃いた。彼があんな恰好で出掛けるはずがない。だが、もし非番ではなかったのだとしたら、なぜ夕食の場を取り仕切っていなかったのか？　唐突に、もちろん花売りの言葉がヒントになったのだが、この屋敷のなかではなにか謎めいたことが進行していると感じた。そしてわたしはそのことについて、なにひとつ知らない、と。遠ざかっていく執事の黒い姿が急になにかを隠しているように見えて、わたしは思わず声をかけていた。「あの、ちょっと！」

「はい、なんでしょうか？」下僕はふりかえり、プロらしい敬意をにじませてわたしを見上げた。それ以外の感情はいっさい見せていない。

「秘書はどこにいるんだろう？」まだはっきりとしない全体像を追いながら、わたしはたずねた。「街へいったのかな？」

「そうだと思いますが」

心の目にグレーのスカートが角を曲がって消えていく光景が浮かんだ。その隣にしっかり見えていたのは花売りとおぼしき人影。彼女は〈鷲の巣〉のことをやけによく知っていた。もう少しで重要なことがわかりそうな気がして、心が昂ぶった。これまでばらばらだった不可解な出来事の数々が、子どもらが水銀の粒をあやつってひとつの図柄にまとめていくように、ぶるぶるふるえながら、いまにも筋の通ったあたらしい意味を持とうとしている。うまくほんとうの図柄をあきらかにすることができるかどうか。どうやら成否は、階段の下に立っている男から適切な情報を引きだせるかどうかにかかっているようだ。うやうやしくたれた彼の頭のなかには、わたしの知りたいことすべてが詰まっている。「どうしてわたしといっしょの車でいかなかったのだろう?」鍵のかかった秘密の箱を見下ろして、わたしはたずねた。なんとしてもこの箱を開けねばならない。

「わたくしの知るかぎりでは」慎重な答えが返ってきた。「あなたのお出掛けの予定がきまった時点では、外出するつもりはまったくなかったようです」

「では、急に出掛ける気になったということなのかな?」わたしは眉を上げて問いかけた。〈鷲の巣〉の絶対的管理体制に服従している者がそんな唐突な行動をとれるわけがないと重々承知したうえでの質問だ。これにはなんの答えも用意されていなかったらしい。

浮かぬ顔の、押し黙った男、わたしが破ろうとしている鍵のかかった秘密の箱を見下ろしながら、この男、実際はどんな人間なのだろうと、わたしは考えた。これまで、執事の制服の向こうにあるものを見たことはいちどもなかった気がする。あの古めかしい服は、けっして奥を見通せない、人目をごまかす仮装といってもいいかもしれない。そしていま、こうして長いことじっと見つめているのに、職務にふさわしい無表情なうわべの奥にあるものを見通すことはできないまだ。このあとどう探っていけばいいのか、とんと見当がつかなかった。

かたや相手は、あきらかに自分の優位を自覚していて、まるで「どこまで教えてやろうか?」と考えてでもいるかのように、わたしをしげしげと眺めている。いや、たしかにその手の思いがあったにちがいない。なぜなら彼はわたしに視線を据えたまま、ゆっくりとこういったからだ
——「ご主人さまが、疲れているようだから、きょうはもう仕事を休んでよいとおっしゃったのです」

ご主人さま? 一瞬、耳慣れない呼称にとまどった。が、すぐに怒りとともに湧き上がってきたのは「なるほど、それが秘密の正体か」という思いだった。相手同様、外見は落ち着きを保てている自信はあった。声もまちがいなく冷静そのものだった。「では、〈管理者〉はお帰りになっ

ているのか……」

「はい、けさ、おもどりになりました。あなたが出掛けられたすぐあとに」

話し手の口調にかなりの満足感が込められているような気がして、自分の思いも顔に出てしまうのではないかと恐れたわたしは相手から顔をそむけ、謎めいた闇の船のように頭上に掛かった歩廊を見上げた。口にこそ出さないものの、頭のなかには質問があふれかえっていた——「彼がきょう帰ることは、いつからわかっていた？　どうしてわたしにいわなかった？　ふたりのうちどっちが先にそのことを知った？」等々。だがわたしは、ただこういった——「今夜、お話しできるかどうか、きいてもらえるかな？」

「それは無理かと思います。ご主人さまは朝まで、どなたともお会いになりません」

すらすらと流れるような返答が、下から漂ってきた。もう相手を見てはいないのに、まるで顔をつきあわせているかのように、わたしは彼のことを強く意識していた。ここに着いて以来、互いに身構えた対抗意識のようなものがふたりを隔てていたが、いま、なにやら一瞬のうちに変化が起こり、わたしたちは否も応もなく激烈な闘いに突入したのだ。これは、わたしにとってはよろこばしいことだった。状況を進展させるのに必要なステップと思えたからだ。ゆっくりと慎重に階段を上がりながら、できるだけ冷ややかに、そしてふりむくことなく、わたしはいった——

「それでも、たずねてもらえるとありがたい。なにか伝言があれば、部屋にいるので」

その夜、〈管理者〉が会ってくれるとはまったく思っていなかった——わたしの要請が彼に届くことすらありえないだろうと思っていた——が、なにひとつあきらかになったわけでもないのに、なにか重要なものを見つけたと期待がふくらんだときの興奮は一向に冷める気配がなかった。

とにかくなにかしたくてたまらなかった。いちばんしたくないのは、すわって本を読むことだった。わたしは上着を脱いで扇風機のスイッチを入れたが、ひどい熱気で、シャツにはすぐに暗い汗染みがひろがっていった。なにか、わたしを陥れようとする陰謀が企てられている。それはまちがいない。暗い片隅に執事とペニーが立っている光景がくっきりと目に浮かんだ。ふたりの関心が自分に向けられていることはおろか、その存在にすら気づかぬまま通りすぎてゆくわたしを横目で見ながら、企み事をささやきあっている姿だ。

ペニーの不誠実なやり口には、とくに腹が立った。これはおそろしくたちが悪い、そう簡単に許せることではない、と思えた。彼女は、〈A〉が帰ってきたときにわたしが屋敷にいないよう、街へ送りだしたのにちがいない。そうすれば〈A〉は、わたしが彼の帰りを待たずに、街へ遊びにいってしまったという印象を抱くことになる。その一方で、自分は秘書の仕事を必死にこなしている姿を見せつけるというわけだ。ふたつの顔を使いわける、けちな策士め！　ずっと抱いていた漠然とした不信感に抗ったりせず、直観にしたがっていればよかったのだ。彼女は最初からわたしの大敵、執事とぐるだったというのに、同情などしてしまったことを考えると、腹が立ってしかたがなかった。

なんとはなしに鏡で顔を見てみるつもりでハンカチでふいていると、いつのまにかあの絵のまえにきていた。人はときとして無意識のうちに、不思議と暗示的な行動をとることがある。かつて魅惑の源泉だった絵も、いまはただ憂鬱と喪失感をもたらすだけだった。突然、どうしてこの絵にたいする思いがこうも変わってしまったのか原因を突き止めることが重要だという気が——執事と無能な秘書のつまらない陰謀などよりずっと重要だという気が——してきた。どうしてあんな些細なことで頭がいっぱいになってしまったのだろう？

電気をぜんぶ点けて、やわらかく、晴れやかな光で部屋を満たした。なにもかもが心地よい日の光を浴びたようにくっきりと明瞭に見える。ところが、じっと絵を見つめているうちに目の焦点が合わなくなってきて光の性質そのものに変化が生じ、見慣れた日常のものの外観までが変わりはじめてしまった。まるで光そのものが砕けて無数のダイヤモンドの切り子面になってしまったかのように、肖像画のまえで蛾のように動き回り、ちらちらと微光を放って羽ばたく群れが、肖像の頭部を放射状に取り巻き、翼のような脈打つ炎で輪郭を際立たせている……。そして目のまえでこうしたことが起こっている一方で、それと呼応するように強い不可思議な力がわたしを空へと運んでいった。空には燃え立つ雲が天使たちのように立ち並んで穏やかに光り輝き、そのきらめく庇護の翼を大きくひろげていた。

一瞬の出来事だった。たちまちのうちに巨大な翼はたたまれて雲は溶け……火の粉の嵐が吹き荒れ……羽毛のように、火花のように、蛍のように降り注ぎ……心の暗い回廊を吹き抜け……もはや幻覚もどきの経験となり……真偽のほどは疑わしく……亜熱帯の暑気と外の深い闇から生まれた魔術なのか……けっして眠っていたわけではなかった、が、かといってはっきり目覚めていたわけでもなく……ふたつの状態のあいだを浮遊し……喪失感を覚えていた――そしてもうひとつ、絵の実際の魅力ではなく、絵が持つ魔術的な力に魅了され、虜になっていた記憶もあった。

この鬱々とした思いは、あの喪失感からひとりでに芽生えて、感知できぬほどごくごくわずかずつわたしのもとにやってきたのではあるまいか――この悲しみの出所を突き止めることはできそうになかった。くすんだ色彩にじっと目を凝らしていると、徐々に、ゆっくりと、わたしが意気阻喪したのはこの色彩のせいだとわかってきた。なんだかこの絵がわたしの気分をそれとなく左右しているような気がした――迷路のようなクロスハッチングの描線を見ているうちに、複雑な筆づかいにとらえられ、救いようなく閉じ込められてしまうのではないかという恐怖が押しよせてきた。だがそれでもまだその魅力の影響からは抜けだせず、心は奪われたままだった。引きつけられ、反発し、両極のあいだをいったりきたりしながらも、自分がいったいなにを見せられたのか、はっきりとした考えは浮かばなかった……なにが明かされたのか……なんの顔なのか……絵のことも、絵にたいする自分の気持ちも、これまで以上にわからなくなってしまった。すると突然、混乱とためらいとが極に達したところで、あらゆる感情の要素が絵から退却してしまった。わたしは長方形の闇、壁にあいた穴を見つめていた。ただそれだけだった。

理由はわからないが、これはわたし自身が独立を宣言したということなのだろうと、わたしはとらえた。危険なほど強大なものから逃げおおせたということなのだろうと。もはや喪失感に心を乱されてはいなかった。まだ、この肖像とわたしの空想のなかの英雄像とが同一人物だと意識的に断じたわけではないから、〈管理者〉とわたしの相反する感情とを結びつけるべき理由はない。しかし、湿って胸に貼りついたシャツを引っ張って、その部屋の一隅に背を向けると同時に、わたしの思いは彼へと向かっていた。じわじわと合点がいきはじめた。彼も、なんらかの形で一枚噛んでいるにちがいない。

わたしは、彼にたいする真の感情を、自分自身に偽っていたのだろうか？　いっとき、〈鷲の巣〉での贅沢な生活は楽しいと自分に思い込ませようとしたように。あの頃は、あまりにも当惑が大きすぎて判断がつかなかったが、どうやら彼の影響を受けすぎていたようだ。いまはその影響から逃れて自立している。

だが考えてみれば、それはそれ。わたしの評価を正し、執事がこれ以上わたしを貶めるのを阻止することは必要だ。わたしが探究しようとしていた支離滅裂な、なかば夢のなかにいるような状態は、より明晰な思考へと場所を譲ったが、腕時計を見るともう遅い時間で、朝までに面会を望める見込みはないことがわかった。しかし、このままなにもせずにひと晩すごすわけにはいかなかった。たまたまデスクのそばにいたので、わたしはすぐに腰をおろして〈管理者〉に手紙を書くことにした。敵どもは、さしあたり、わたしが彼にじかに説明できないようにした。が、わたしが手紙を書くのを阻止することはできない——どうしてもっと早くそうしなかったのだろう？　こうしてわたしのふるまいにたいする嫌疑を晴らす方法を思いついてみると、これはまさに適切な行為だという気がした。

最初は、わたしがここに到着したときの状況を、感情を交えず、完全に公平無私な立場で、どんな細かなこともいっさいつけ加えず、はぶかずに記録しようと思った。しかしすぐに気づいた。それでは手紙が長くなりすぎる。一から十まで完全にあきらかにしようと思ったら、本を一冊書かねばならなくなる。すでに書いた枚数だけでも、忙しい実業家が読んでくれることを期待できる分量ではない。わたしはぜんぶ破って、最初から書き直しはじめた。こんどは、すぐに面会したいという短い文面だけをしたためた。

けっきょく、すぐには眠れなかった。眠れずに暑い暗がりのなかで横になっているあいだに、朝になったらアップジョンにメモを届けさせよう、白い肌の上役ではなく、アップジョンにやらせようときめた。アップジョンは最近、いくらか愛想がよくなってきていたから、いざそのときになって、強く拒絶されたときには驚いた。が、そのうち、彼は上役たちに仕返しされるのを恐れているのだろうと思い当たった。そこで、彼の行動にはわたしが全責任を持つと説明してやった。もしだれかにきかれたら、わたしが手紙を持っていくよう命じたのだといえばいい、と。コインを何枚か握らせれば指示がより確実なものになるのにと思ったが、公平な目で見て、アップジョンはチップを待ち望んでいるようには見えなかった。それより、彼の貧弱な語彙では伝えられないなにかをいいたがっているような気がした。言葉でいいあらわせないことのもどかしさ、苦しみに閉じ込められているかのように、彼は病んだ猿を思わせる物悲しい目でわたしを見つめていた。

やっとのことで、どうにかメッセンジャー役をつとめることを納得させると、彼はしぶしぶメモを受け取り、すぐに届けますと約束して部屋を出ていった。彼が去ったあとには落胆と失望の空気が残り、どうにも幸先のよくないスタートを切ったという気がしてならなかった。彼がすんなりとは納得してくれなかったせいで、気分が落ち込んだだけでなく、朝食にも遅れてしまった。だが、急ごうにも急ぐことができなかった。ベッドから出ただけなのに、容赦ない熱気のなか、すでに疲労困憊というありさまだった。朝早くのこんな時間から、空気がひどく重苦しい。豪奢な部屋に置かれた銀のブラシ類は不快なほど温まっていた。ところが階下へ向かう途中、歩廊へ出る重いドアを通り抜けたとたん、いきなり室温が下がって、思わず身ぶるいしてしまった。ひと晩中、ファンの真下で寝ていたせいだろうか、食堂に入りしな、ひょっとしたら冷えて風邪でもひいてしまったのかもしれないという憂鬱な思いが心の奥に芽生えた。その兆しだろう、うっすら頭が痛くなってきた。

ペニーがもう食事をすませて部屋をあとにしていてくれればよいが、と思っていた。しかし、召使たちは下がっていたものの、彼女はまだ席についていた。わたしは、おはようといって、彼女を見ずに腰をおろした。もう湧き上がるような憤りは感じていなかった。怒る気力がなかった。彼女と話したくない、彼女のことで頭を悩ませたくない、ただそれだけだった。きたるべき〈管理者〉との面会——といっても、なにひとつ建設的に考えていたわけではなかったが——のことで頭がいっぱいで、秘書のことなど考える余裕がなかったのだ。

それでも、虫も殺さぬ顔ですわっている、この似非クエーカー教徒の娘を無視することはできなかった。彼女の視線がずっとわたしに注がれているのが感じられる。強い意志で自分を見ろと念じているようだ。しかしわたしの意志はアップジョンとの戦いで消耗し、彼女を相手にするほどの力は残っていなかった。そのとき突然、彼女がいまになっても雇用主がもどったことをひとことも口にしないことに気づき、いかにも慎ましぶったようすに怒りが爆発して、「よく恥ずかしくないな……」と、止めるまもなく言葉が口を突いて出てしまった。これでなおさら腹が立った。なぜなら、自制心を失ったことで、いちばん避けたいと思っていた、彼女との会話、あるいは口論の端緒を切ってしまったからだ。はじめた以上はしかたない。わたしはより穏やかな口調で先をつづけた――「きのう、わたしを街にいかせたりして、卑劣な策略だと思わないのか?」

答えるかわりに、彼女はまるでわけがわからないとでもいうように、大きく見開いた目でわたしを見つめた。「おい、なにも知らないふりはもうよせ!」うんざりして、わたしは怒鳴った。「きみは、わたしがなにをいっているのか、ちゃんとわかっているはずだ――きみは〈A〉がもどったときに、わたしをどこかへ追いやっておきたかった――」

「いいえ、そんな!」彼女は急に動揺して、わたしの言葉を遮った。口に手を当てている。子どもじみた恐怖のしぐさだ。あまりにも自然に見えたので、一瞬、わたしがまちがっていたのかと疑問を抱いてしまった。だがもちろん、彼女はいつもどおり、演技をしているにすぎない。またあらたな怒りが湧き上がってくるのを感じた。彼女がまだ出さずにいた情報をわたしが知っていたのに、なんの驚きも見せなかったからだ。これはつまり、執事が階段のところでわたしに話した内容を彼女に知らせた、ということを示している。ふたりが共謀している絵柄が頭に浮かんでひどい嫌悪感を覚え、わたしはふたたび激しく叫んでいた――

「あの黒服の陰気な輩がわたしを嫌うのはわかる。わたしがここにきた日、わたしのせいで恥をかいたからね。しかし、きみがどうして彼の側についているのかは、見当もつかない。わたしを敵にするより友だちにしておいたほうがずっと役に立つということだったんだろうな――率直にいうが、きみは見事に愚か者を演じきっていたと思うよ」

わたしが話しているあいだも娘の狼狽ぶりはみるみる度を増していき、ついにあえぎながら叫んだ。「ちがうわ！　ぜんぶ誤解です！　そんなんじゃないわ！」立ち上がりかけて、打ちのめされたようにまた沈み込み、大きく見開いた目でわたしをじっと見ながらつぶやく――「わたしがあなたの敵だなんて、本気で思っているわけじゃないでしょ？」

彼女は「ぜんぶ誤解です！」と繰り返したが、わたしは彼女は欺瞞の塊だと頑なに信じていたから、彼女の言葉など一顧だにせず、彼女を遮って、強引にわたしのいい分をきかせた。

「さんざん人を騙したあげくに、けっきょく自分がのっぴきならない状態になっているのがわからないのか?」詰問口調で、わたしはいった。「わたしを〈A〉から永遠に遠ざけておくことはできないんだ。彼に会えば、真実はすぐあきらかになる。きみがなにを企んでいたか、あまり耳に心地よい話とはいえないだろうな……」返事はなかった。沈黙の深さで、いかに彼女が打ちひしがれているかがよくわかった。見るからに哀れな風情だった。カップの底のおりを見つめ、片手はテーブルクロスの上をあてどなくさまよい、愚かで無意味な動きを繰り返している。途方に暮れた、哀れを誘う姿だ。不意に、厳しい口調で「あなたがしていることもあまり上等とはいえない」といわれたような気がした。とたんに、たとえ彼女が実際に執事の共犯者であってもこれ以上はいいたくない、という気持ちになってしまった。ふたりを相手にいくらでも議論を戦わせることができるのだぞと示すために、わたしは短く、こうしめくくった——

「真実は、きみが思っているより早く明るみに出るかもしれないな!」

彼女が与《あずか》り知らぬ秘密の情報源があると信じさせるため、わたしはものものしい口調でいった。するとそれが驚くほどうまくいって、彼女はたちまち怯えた顔つきになり、どういうことかとたずねた。

さっきとおなじように、彼女の目はわたしを見つめているうちに、より大きく、まるく、見開かれていくような気がした。が、こんどは銃口のように生気がなかった。かろうじて思い出したのは、アップジョンの目に宿っていた猿を思わせる悲哀の色だ。無力で、愚かで、悲しみに満ちた目。なんだか動物を、わたしの絶対的支配下にある生き物を、虐待しているような気がしてきた。わたしを騙し、裏切ったのだから当然の報いとはいえ、それ以上彼女を脅すことはできなかった。「そんなに怯えた顔をしなくてもいい」ここまで首尾よくきたのに、これで台無しだ。「けさ〈A〉に会う。それだけのことだ。少し時間をいただけないかと書いたメモを届けさせたんだよ。もちろん、会ってもらえると確信している」わたしはさりげない口調でいった。それで状況を正常化し、うまくこの件に終止符を打つつもりだった。彼女を動転させてしまったことをすまなく思い、掛け値なしに、よかれと思っていったことだった。だから彼女の芝居がかった大仰な反応には度肝を抜かれた。

彼女がなぜいきなり血相を変え、取り乱したようすで立ち上がったのか、わけがわからなかった。なぜ狂ったようにわたしに向かって突進してきたのか、わけがわからなかった。彼女はテーブルを回って走りながら、狂気を孕んだ咽《むせ》び声で叫んでいた——「どうして……？　どうして……？　ああ、どうしてそんなことをしなくちゃならなかったの……？」

わたしも弾かれたように立ち上がっていた。が、テーブルクロスのひだや膝をくるむようにかけていた大ぶりのナプキンが邪魔で素早く動けず、彼女に両腕をつかまれ、両脇にぴたりと押しつけられてしまった。袖ごしに、彼女の指が肉にきりきりと食い込む。彼女に凄まじい勢いで揺さぶられて髪が目にかかり、まえが見えなくなって、また頭痛のことを思い出したが、この手荒な扱いでよくなるわけもなかった。

「やめろ！　手をはなしなさい！　いますぐにだ。きこえないのか？」この状況で可能なかぎり猛々しく命じた。「気でも狂ったのか？」彼女を傷つけずにふりはらうのはむずかしい。いまの彼女はまるで痛みを感じていないようだ。彼女の動きを抑えるにはある程度、力を使うしかなく、しかもふたたびつかみかかってこられては困るから、あえて突き放してしまうわけにもいかない。と、彼女が子どものように泣きだした。手放しでおいおい泣きじゃくっている。わたしはハンカチで顔を拭いてやりながら、辛抱強く説明した――「なにも泣くことはない。きみのことをいいつけたりはしないから――最初からそんなことをするつもりはなかったんだ。ただ、きみを怖がらせて、きみがどれほど危険なゲームをしているのかわからせようと思って、ああいっただけなんだから」

わたしは慎重に彼女から手をはなした。あの凶暴さはもう使い果たされたとわかって、心底ほっとした。だが彼女は両手に顔を埋めて泣きつづけていた。指の隙間から涙がしたたり落ちている。わたしのいったことがきこえなかったのだろうか？　わかっていないのだろうか？　それとも、これほど激しく長々と嘆き悲しむのには、なにかほかに理由があるのだろうか？　「よくきくんだ！　きみのことは絶対にだれにも、ひとことも、話したりしないから――わかったかい？」しっかりきかせようと、しゃべりながら軽く彼女を揺すった。「嘘はつかない。わたしは密告者ではない……わたしの国では、そういうのは流行らないんだ……」わたしはにっこり微笑んで彼女を見下ろした。少し心を動かされ、少し愉快で、おおいに当惑していた。

「まるでわたしがそんなことを気にしてるみたいないい方！」彼女がやっと発した言葉は礼儀を欠いた激しいもので、わたしはつい、いいかえしていた――「じゃあ、いったいなぜ泣いているんだ？」彼女の顔がまた抑制のきかない子どもっぽい泣き顔に崩れていくのを見て、わたしは当面まともな話はきけそうにないと悟り、黙って彼女の手にハンカチを押しつけた。「あなたに、少しでいいから、わたしのことを好きになってほしかったんです」折りたたんだハンカチの奥から、くぐもった声が洩れてきた。わたしは、彼女にというより、自分自身に向かって、繰り返した。「きみを好きになる？」ずいぶんと奇妙な展開で出てきた言葉だったという思いがよぎり、ほんのわずか皮肉めいた口調になった。

彼女の涙はわたしの同情心をたちまち溺れさせ、その音が勘に障りはじめた。面会にそなえて冷静さと頭の冴えが欠かせないときに、彼女の泣き声がわたしの落ち着きを蝕みはじめていた。そう気づいたとたん、残っていた情け心は激しい憤りに押し流されてしまった。もう彼女が泣いている理由などどうでもよかった。いまや気がかりなのは冷静さを温存することだけだ。わたしは早く泣き止むよう促すつもりで、いささかきつい口調でいった——「あの執事のやつがこそこそのぞきにやってくるぞ。頼むから、やつがくる前に気を静めて、しゃんとしてくれ——でなければ——」でなければ出ていってくれ、といいたかった。彼女の自分本位としか思えないふるまいを考えると、それくらいのことをいっても理不尽ではないと思えたが、さすがにそこまではいえなかった——とはいえ、もっとひどい事態になる恐れもあるのだ。彼女がわたしとふたりきりでドアを閉じたこの部屋にいて、涙にくれているところを執事に見られたら、どんな艶めいた、面白おかしい醜聞に仕立て上げられてしまうことか……。

心の奥底で生まれた疑念がついに意識上に押しだされ、ふくれあがって、彼女の騒々しい泣き声同様に、部屋に満ちあふれた。「きみは、だれかに見つけてほしいと思っているんだな——わたしの名誉を傷つけようということか」

わたしは彼女のうなだれた頭と上下する肩を見つめながら、もし彼女が潔白なら、わたしの非難の言葉に反駁するか、少なくとも否定するにちがいないと考えていた。しかし彼女は顔を上げもせず、あらたに激しくすすりあげたのが唯一の反応だった。わたしに見えているのは短縮遠近法で描かれたような額だけだったが、頭のなかでは、陰謀を企むふたりが声をひそめて憎々しげに話し合っていた。どうやらわたしが相手をしているのは、ついさっきわたしの同情心をかきたてた娘ではなく、怪しげな計画のさまざまな場面に応じてどんな役でも演じる女優にして策士といえる人物のようだ――そのそら涙にはすっかり騙されてしまった。

額に手を押し当てて、不意に思った。どうしてまだこんなところに突っ立っているんだ？　何分も前に彼女を残して、部屋から出てしまえばよかったのに。こんな簡単な方法でこの状況に終止符を打てるのに、どうして考えつかなかったんだ？　遅ればせながらドアのほうを向くと、ドアが開きはじめるのが目に入った。ぐずぐずしすぎた。もう手遅れだ。

「噂をすれば……」とつぶやきながら、わたしは急いで執事向けの冷淡な表情をつくった。執事はひと目で状況をとらえると、あとは正面を見据えたままだった。顔は慎重にこしらえた無表情。ペニーが大きなハンカチで顔を隠してすぐそばをすり抜け、部屋から出ていったのも目に入らなかったかのようだ。彼はわたしのことも見ていなかったし、なにかきいたようなそぶりなど微塵も見せず、ただ、まるで世界中に告げるかのように、〈管理者〉が一時間ほどでわたしに迎えをよこすと知らせただけで、ドアを音も立てずに後ろ手に閉めて下がっていった。

「終わっちゃったな」わたしはひとりつぶやいた。どういうわけかこの幼稚な見解が面白くて、見え透いた虚勢を張り、おなじ調子で、自分にいいきかせた。ちゃんと朝食をすませたほうがいいぞ――たぶん、これが〈鷲の巣〉での最後の食事になるのだから。けっきょく部屋をあとにしたのは、食後の生ぬるいコーヒーをがぶがぶ飲み干してからのことだったように思う。

9

涼しい階下から上がってくると、窓には陽射しを遮る日除けがかかっているにもかかわらず、自室の空気は蒸し風呂さながらで、気力が萎えた。わたしはドアを閉めると同時に上着を引き脱ぎ、両手で頭を押さえた。そうひどい痛みではない――いまのところは。が、額の奥で弦が徐々に張り詰めていくような、不吉な感触があった。思考が極度に混乱しているようだ。そのうえ、思考の狭間にいまだにペニーの泣き声が断続的に入り込んできて、混沌の度をさらに深めている。

彼女が意図的に食堂であの場面を演じたのかどうか、さだかではないが、いずれにしても大事な面会を前にしたわたしが最悪の状態に陥ってしまったのはたしかだった。そしてその面会が刻々と近づいていると思うと、なにか追い立てられるようで落ち着かない。いうべきことを考えなければならないのはわかっていた。だが、集中しようとすると、とたんにいましがたの出来事の記憶がなんの脈絡もなく浮かんできて邪魔をする。「こんなことをしていても、なんにもならない。とにかく頭を冷やすんだ」そう自分にいいきかせながら窓辺へいき、バランスを崩す寸前まで身をのりだした。

それでもいっこうに涼しくなかった。日除けがかかっているので景色の上半分はまったく見えない。下にあるのは動かない炎のような緋色や黄色の花が植わった大きな花壇だけで、見ればなおさら暑くなってしまう。無風の熱気のなか、花びらも木の葉も草も、外のものはなにもかも不自然なほど動かず、ぴたりと静止していて、金属から打ち抜かれたかのように、強烈な太陽光線を浴びて硬直してしまっている。固い霜のしわざかとも思えるほどだ。かぎられた視野を覆う燃えあがる光のなか、水はどこにも見えない。多少なりとも命と涼しさの幻影を与えてくれるあの散水器のしぶきが恋しくなってきた。わたしはなにをしているのか考えもせずに日除けを動かすスプリングに触れていた。日除けはいっきに手の届かないところまで跳ね上がり、わたしは強烈な日差しの猛攻にさらされた。

花に散水する暴風雨の縮小版が見当たらないのは、突然まばゆい光を浴びて、なかば目が見えなくなっていたせいだと思っていた。数秒かかって、やっとわかった。水がない。じわじわと興奮が高まり、ようやく確信に至った。ここにきて以来はじめて、命を与える散水が止まってしまっている。

とそのとき、静寂が、見えるものすべてに不吉な緊張感をまとわせた。どうやらわたしもそのなかに含まれているようだった。太陽が頭を叩きつづけているのも忘れて、木々の葉同様じっと動かずに立ち尽くし、わたしは待った。なにか予感のようなものがあった。が、なにを待っているのか言葉にはできなかったし、事実、とても言葉で表現できるようなものではなかった。ときおり秘密の世界がその存在にわたしの関心を向けようとするときに体験する、あの高まり。その体験の下に横たわる重大な意味が、あきらかになろうとしている。そしてわたしも、崩れ落ちる波頭の曲線に魔法の力でとらわれたように、目のまえの光景とともにこの宙ぶらりんの一瞬のなかに閉じ込められて、秘密が明かされるのを待っていた……。

わたしの予感が謎に包まれたものだからだろう、あらゆるものの外観がほんのわずか非現実性を帯びていた。庭園は背景幕のようにのっぺりしているうえに、陽光で漂白されてぼやけている。遠くの岩は重さを失って宙を舞い、際限なく変化しつづけている。判事の形の険しい岩山の連なりは夢のなかの儚い目印のように中空に浮かんでいる——そこにきょうはあたらしい飾りが加わっているのは軽い驚きだった。かつらなのか翼なのか、白い霞のような霊妙なものが芽生えている。だが、この白いものをしかと見定める暇もなく——ここの空で雲を見たことはなかったから、雲とも思えず——待ち受けていたものがちらりと姿をあらわしたとたん、あれこれ考えていたことはすべて消え去ってしまった。唐突に、秘密の正体がおぼろげながらつかめた気がした。影と実体がひとつになり、日常の人格が、ときどき自覚するだけの見知らぬ自己と溶け合う。と思うと、しっかりつかみきれないうちに啓示の瞬間は終わってしまった……そして、じっと見つめていた山はゆるやかに手前にすべり、崩れ落ちた。

一瞬、軽い眩暈を感じたが、それもすぐに消えて、あとには現実感も驚きの感覚も残らなかった。山が粉々に砕けた。ただそれだけだった。山がどうなろうとかまわなかった。関心があるのは、かろうじて垣間見えた、相互に関係し合うパターンがいかに統合し完成形になるか、その一点だけだった。あらゆる不和を和に導き、あらゆる争いを解消するその調和の力は、理解できさえすれば、完全なる自覚そして完全なる理解へと通じ、すべてを説明することができ、わたしもこの世界の現実と触れ合うことができるようになるはずなのだ。

しかし雑音が多すぎた。すでに心の内の幻影が薄れはじめ、目のまえで起きている出来事の影に覆われつつある。それは、いくら鈍感な人間でも心動かさずにはいられない光景だった。巨大な判事のような輪郭線がふたたび空にくっきりとのびていくのを見守るわたしに、脳の、まだ機能している理性的な部分が、おまえは雲ができていくときの光の加減で生じる幻影を見ていたのだ、と告げた。だが夢と魔法の秘密の潜在世界は、山々がつぎつぎに崩れ、砕け、ふたたびひとつにまとまるまでのあいだずっと、現実を浸食しつづけていた。

ただ、わたしのなかのささやかな常識的部分だけが、これは局地的な天気の気まぐれで科学的に説明がつくことだと認識し、しっかりと日常レベルに繋ぎとめられているのだ。

だがわたしは頭のなかのどこか遠くの端から、高峰の上で白いものが出会い、のび、山脈の全長にわたる長い直線を形成していくのを見ていた。その白い線は揺るがず、そこから雲のような豪雨が降りはじめた。空から流れでる奇妙な、無音の白いナイアガラ瀑布だ。そこ以外は雲ひとつない青空のどこからともなく実体化した信じがたいほどの奔流は、あっというまに山脈を覆い隠し、行く手にあるあらゆるものを呑み込みながら進んできた。わたしはまさにその通り道にいるのに、感じているのは恐怖ではなく、畏敬の念だった。なぜか驚異の大瀑布はわたし個人に危険をもたらすことはないという気がした。そして案の定、それはわたしがいる窓辺からほんの数ヤードのところで止まった。理由はまったくわからなかったが、雲はそこからぐるぐると巻き上がり、上昇するしぶきとなって、ゆっくり蒸発していった。

〈鷲の巣〉は、当面は生き長らえることができた。あの途轍もない瀑布の縁で、かろうじて生き残ることを許された。が、いずれは幾多の宝もろとも呑み込まれてしまうのはまちがいない。なににせよ岩だらけの不毛の地から美を呼びだした魔法の呪文は、もはや効力を失い消えゆく運命にある。あの美は、けっして人の目を楽しませるためのものではない。それが破壊されるのは本質的に正当な行為だと思えば、満足感に近いものを覚える。

驚異的な光景に困惑し、太陽の熱気で頭がくらくらして、事実なのか幻覚なのか区別がつかなくなっていたせいだろう、なぜまわりじゅうが破壊されても自分だけは無事でいられると思ったのか、疑問を感じることもなかった。わたしはただ、自分は安全だと確信していた。なぜか、雲の瀑布がわたしを包み込んで庇護していたような――なにものも突破できない非現実に守られていたような――そのおかげで現実世界と遮断されていたような気がしてならなかった。亡霊めいた豪雨の奔流が空から展開し、手で触れられそうなほど近くまでやってきて、窓のすぐ外で薄れて煙霧になり、ゆっくりと上昇していくまで、目を離すことができなかった。その幻想的で異様な魅力に惹きつけられ、うっとりと見入っていた。その感覚は、日々繰り返される職場での侘しい日常から逃避して姿の見えない庇護者の夢に浸っていたときに経験した感覚によく似ていた。

あの頃は、彼の魔術的な力を帯びた姿、記憶ではなく想像が描きだした肖像が、わたしにとっては非現実世界のサンクチュアリのようなものになっていた。現実があまりにも不快なものになりすぎたときにひきこもれる白日夢だ。それが失われてしまったのは、わたしがここへやってきてふたりのあいだの不可思議な絆を断ち切り、彼を魅惑の存在からふつうの人間へと変身させてしまったからだ――責任はわたしにある。それなのにわたしは理不尽にも彼のせいだときめつけ、いまは、より頼りになるあの空の非現実によろこんで忠誠を捧げている。古いヒーローを捨てて、あの高みの神秘の顕現に全身全霊をゆだねている。あれはわたしの確固たる存在の一部になる。だから、けっしてわたしを見捨てないはずだ——彼のときもそう感じた。そしてまた、現実などどうでもいいと請け合ってくれている——彼との面会は重要でもなんでもないし、仮に面会できなくてもかまわないと請け合ってくれている。呑気に無責任に、わたしは慎重さのかけらもなく安穏とこれを受け入れ、ふわふわと漂っていた。堅牢な世界にわたしをしっかり結びつけておくものなど、なにひとつなかった——たまたま下の方の予想外の動きが目に入って、この平和な分離状態が中断されるまでは。

農民の庭師たちのなかのひとりが、燃え立つような花が咲き乱れる大きな花壇のなかでしゃがみこんでいた。丈夫そうな茎のあいだからカメのように首と肩をぐっとのばし、ぽかんと口を開けて、わたしを見上げている。その、じっと動かぬ、魅入られたような視線は、わたしがあの途方もない雲の瀑布を見ていたときのものとまったくおなじだった。男は見られていることに気づくと、大慌てで四つん這いで動きだした。ぎごちなく、しかし素早く逃げていく傷ついた昆虫のようだ——それがあまりにも厭わしい光景だったので、わたしはいきなりぐいっとばかりに、もとの環境に引きもどされてしまった。

農民の姿は見えなくなっていたが、わたしは窓から離れて部屋のまんなかにもどった。そこではまだ一応、現実と呼べるものがあたりを支配していた。わたしは徐々に、確固たる世界が存在を主張する声に気づきはじめた――暑さを意識し、頭痛を感じ、面会にそなえて心の準備をしなければならないことを思い出した。だがこの気づきはあくまでも不承不承のものであり、不完全なものであった。依然として圧倒的な引力を放っているのは、もうひとつの世界、夢の世界のほうだった。

召使が、屋敷の当主が使用している一画へと案内しにやってきたときも、わたしはまだ半分、夢のなかだった。男とともに人気のない廊下を歩いていても、まるで茶番劇を演じているようで、状況を現実としてとらえることができなかった。古めかしい制服に身を包んだ、どこか獣性を感じさせるハンサムな若い男をちらりと見たとたん、このお仕着せの男に連れられて、処刑か裁判の場に向かっているような気分になった……。ここに着いてからずっと、いささか邪悪な信じがたい夢のなかにいたのではないかという気がした。わたしはまだ、自分には如何ともしがたい運命、あの大空で展開された途方もない驚異的な光景の外的影響力に支配されている運命を一歩離れたところから気楽に眺めている気分だったが、魔術めいた雲の瀑布との接触から数分たったせいか、なんとはなしに不安を感じはじめていた。あれはずっと存在しているのだと確認しておかなくては。部屋に通されてひとりになるが早いか、わたしは部屋を見回すことすらせず、いちばん近い窓へと走っていた。あの特別な滝、あの非現実性の極致の光景が、わたしにとって唯一の現実になっていたのだ。

しかし、なんということか、空調の効いた部屋の窓にはすべてベネチアン・ブラインドがおりていた。しかも羽根板は閉まった状態で固定されているようだった。とにかく入ってくるのはかすかな光だけで、羽根板の隙間が狭すぎて、外のものはなにひとつ見えない。

こうして、周囲を遮断してくれる幻影を完全に奪われ、意気をくじかれ、わたしはふたたび、自分が現実に目を開きはじめていることを自覚した。こんどの目覚めはさっきよりずっと完全だった。あれほど強く求めた面会の件をすっかり忘れていたことに愕然として、わたしははじめて、確固とした世界にもどろうと努力し、目のまえのことにしっかりと焦点を合わせた。

わたしがいるのは、執務室のような部屋だった。家具類は簡素といっていいほど地味で、屋敷のほかの部分の豪華さとは対照的だ。わたしは軽い当惑を覚えながら、デスクの上にぽつんとかかった一枚の黒っぽい絵画に目をやった。薄暗いのではっきりしないが、どうやらわたしの部屋にある絵のレプリカらしい。しかし近づいてみてほっとした。それは、かなり抑えた色調で描かれていて、近くまでいかないと見分けがつきにくいものの、まちがいなく〈管理者〉その人の肖像画だった。

もうひとつ、さらに安堵したことがあった。頭痛は炎熱の陽射しを浴びて以来ひどくなる一方だったが、頭脳のほうはいくらか明晰になってきていたのだ。批評力を試してみるとすぐに、この絵はわが庇護者の正しい印象を伝えていないという結論が出た。ここに描かれた庇護者は典礼用の式服をまとい、まるで人を脅すかのように片手を上げた、芝居がかったポーズで立っている。

画家の思いちがいにこれほど腹が立つのは、あの雲に忠誠心を移してしまった罪悪感で、庇護者への思い入れが誇張されたせいだろう。そして、やや風変わりで、どこか意地の悪そうな肖像をしげしげと見ている最中だった。本人が部屋に入ってきた。

こうして、まだ将来に初々しい望みを抱いていた頃、逆境が獲物としてわたしに目をつけていることに気づいていなかった頃の知り合いと向き合ってみると、あの頃の自信が少なからずもどってくるのを感じた。気後れすることもなく、彼と自然に話せると気づいて、わたしは楽観的になり、長い失敗つづきの期間が介在したことなど無視して、ふたりの関係を、昔いちど途絶えた時点から再開できるような気がしてきた。

〈管理者〉はデスクの椅子に腰をおろした。デスクは窓の下にあるので、彼は影のなかだ。向かい合う椅子をすすめられたが、わたしは立ったままで、いまさらながらの話を語りだし、語るうちに、もっとよくきけとでもいうようにデスクに両手をついて、彼のほうに身をのりだしていた。じつをいえば、いうべきことがさほどあるわけではなかった。しかし〈鷲の巣〉に到着したときいかに倒れる寸前の状態だったかを正確に伝えようとするあまり、話はどんどん込み入った、説明過多のものになっていった。明確に簡潔にという思いが強すぎて、かえって頭が混乱してしまったのだ。話が長くなりすぎているのはわかっていた。正しい印象を伝えそこなっていることも。そして楽観も自信も消えていき――どちらも、しょせん本物ではなく、記憶からの借物だ――、いっそ彼が言葉をはさんで止めてくれればいいのにとすら思いはじめていた。

ついに話しおえても、彼はひとことも口をきかず、沈黙が不安をかきたてた。彼を納得させられなかったとわかって、心底、恐ろしくなってきた。部屋が徐々に暗くなっていく。これは、わたしが物を現実の姿ではなく、こうであってほしいという姿として見ていることを示唆していた。彼の顔はほんとうに親しげに見えていたのだろうか？　もう表情は見えないので、確信が持てない。デスクの向こうの黒い人影に、たしかに馴染みがあるといえるものを見いだすことができず、ふとそこにいるのは見知らぬ人間で、目に見えない目でわたしを見つめている、という妄想が浮かんだ。だが、そんな不快なばかげた考えからはすぐに身を退いて、わたしの話をよりもっともらしくきこえるようにする手立てを考えることに神経を集中させた。真実を話したのだから、よもや疑われることがあろうとは思いもしなかった。本当のことだと思ってもらえるように脳味噌を絞ってつけ加える言葉を探したが、なにも浮かんでこなかった。直接、関係のあることは、すべていい尽くしていた。つけ加えられることは、なにひとつなかった。

一、二分前にはあれほどよい結果につながりそうだった状況が一変して、いっきに意気消沈したわたしは、おずおずと切りだした──「わたしの言葉を信じていただくしかないということはわかっています……やはり説得力に欠けますよね。いちばんいいのは、仕事で証明することだと思います。図書室で仕事をしだしたらすぐに、わたしが信頼のおける誠実な人間だとおわかりになりますから……絶対にいい加減なことはしません……だからすぐに仕事にかかりたかったんです……」わたしは終始、正面の黒い人影を凝視していたが、なんの反応もないのに動揺し、すんでのところで忘れそうになっていたことを、あわててつけ加えた──「しかし、もちろん、休暇をいただいたことはたいへん感謝しています。ずいぶん助かりました。休みが必要だったんですよ、いまになってみるとよくわかります、とても元気になりましたから……すぐにも図書室の仕事をはじめられます……」

こんどこそ、なにかいうにちがいない。これほど長いこと沈黙しているのは、どう考えてもおかしい。不安がつのる一方だった。そのとき不意に、これこそ正解にちがいないと思える単純明快な理由が閃いた。おそらくここにはすでに司書がいて、わたしはなにかまったくべつの職に就くことになっていたのだ。これまでずっと司書という特別な役割に就くつもりで話していたものだから、〈管理者〉は気詰まりな思いをしていたのだろう。親切で思いやり深い人だから、わたしに司書より給料が低い仕事、あるいはわたしが役不足と感じるような仕事をあてがうことにきまり悪さを感じるのも無理からぬことだ。沈黙の理由を突き止めたと確信して、わたしは深く安堵し、おかしな偏見は持っていないことを見せようと、ふたたびデスクに手をついて身をのりだした――「図書室といったのは、前に図書室の仕事をしたからで、ただそれだけの理由です。しかしもちろん、どんなことでもよろこんでお役に立ちたいと思っています――屋内であろうと屋外であろうと」

そうはいいながら、あの司書用の居心地のよさそうな居室が未練がましく目のまえに浮かんだ。しかし、あそこにひきこもって仕事をする気になっていたのは否定できないものの、あれは誤解だった、退行現象だったのだ、わたしはあたらしい生活をはじめようとしているのだから、あらゆる面であたらしくあるべきなのだと、急いで自分を納得させた。すると、その瞬間が特別重要な意味を帯びたような気がした。まさにいま、ほかでもないこの瞬間から、大きな期待をかけたあたらしい生活がはじまろうとしている、これまで起きたことはすべてそのための前置き、準備だったのではないかと思えた。「口先だけでいっているのではありません――わたしは心底、そう思っています」突然、あの広告が目に入った瞬間のことが脳裏に浮かんだ。あのすばらしい瞬間に、わたしは絶望から救われた。そして突如湧き上がった不可思議な熱情の波が尋常ならざる勢いでひろがり、わたしをここまで突き動かしてきたのだ――

「心配御無用です。なにも思い違いはしていませんから……街であなたに最後にお会いして以来、いろいろあって……どん底まで落ちていました。ほかの方法で暮らしを立てるということにかんしては、いろいろやってみても、なにひとつ使いものになりませんでした。それは身に沁みてわかっています。だから、なんでもよろこんでお引き受けします――肉体労働でもなんでも。これでも見かけよりずっと力があるんです……」夢中になりすぎていたにちがいない。わたしは実際、するりと片袖を脱いで、筋肉自慢の青年さながら、腕を曲げのばししてみせていた。

しかし、暗がりのなかの謎めいた、これといった特徴もない人影からは、なんの反応も返ってこなかった。寒気がして、自分が愚か者のように感じられ、少し恥ずかしくもあり、急いで上着を着直した。なんと暗くなってきたことか！　雲の下降流が〈鷲の巣〉に覆いかぶさってきているのにちがいない――午前中だというのに真夜中のようだ。肖像画は闇に呑み込まれてしまっていた。不安をやわらげるつもりで、絵がかかっていた正確な場所を思い出そうとした――そしてわたしは、なんの前触れもなく、神の栄光が授けられる夢のような瞬間を目撃したのだった。最初はただ暗がりが見えるだけで、どこにあるかまったくわからなかったのに、つぎの瞬間にはふたたび出現していた。みずからの光で、はっきりとその姿をあらわしていた。いや、描かれた人物が発する光で周囲に明るい光輝をまとい、見る者を脅すような、畏敬の念を抱かせるような迫力で浮かび上がってきたといったほうがいいだろう。信じがたい思いで凝視していると、機を見たかのように絵のモデルの男が立ち上がった。絵のまんまえ、まるでまばゆい光輝がその男の身体から放射されているかのように見える場所に立っている。もしもあの場所に視線を据えていなかったら、絵がどんなふうに光りはじめたのかわからなかっただろうし、超自然的効果ももっとずっと効き目があったにちがいない。いまでさえ、幼稚な芝居じみたトリックと軽蔑しているにもかかわらず、まばゆい輝きに包まれて気高さが漂う、信じがたいほどすばらしい姿に感銘を受けずにはいられないのだから。

しかし、つぎの瞬間には幻滅し、嫌悪感がこみあげてきた。人をなんだと思っているんだ？よりによってこのわたしに、だまされやすい無知な田舎者くらいしか引っかからない幼稚なペテンを仕掛けてくるとはどういうことだ？　わかりきったこと。彼はわたしをとことん見くびっていたのだ。わがヒーローたる支援者など存在しない。いちども存在したことはない。存在したのは想像のなかだけだ。いまやわたしは燐光を発する光輪を横取りして幻影をかき消した彼を憎んでいる――世界中の誰も彼もが憎い。クリスマス・イヴに外に飛びだして、みんなにわたしのことを知らせたいと切望したことを思い出し、あのときは人との触れ合いを求めていたけれど、じつは誰も彼もが憎くてならなかったのだと悟った。

ところがもうひとつ、忘却の奥底に埋めていた記憶がなんとかして蘇ろうとあがきだした。その前兆である心の動揺をこれ以上、抑えておくことはできなかった。それは目にまで影響をおよぼし――わたしは部屋の壁を透かして、薄暗い部屋のなかを目の当たりにしていた。そこはずっと昔、わたしがこの男のために仕事をしていた街の屋敷の図書室で、高い天井に向かって書棚が聳え立っていた。彼の大きくて、形のよい、大理石のように白い手が、影のようにいったりきたりして、あの遥か昔に息絶えた日の恥辱と苦悶をふたたび織り上げていた。その一方で、いま、彼の低い、しかしよく響く声が朗々と告げている――

「職種を問わず、きみに〈鷲の巣〉で働いてもらうつもりはない」

わたしの二重時間のまんなかに唐突に投げだされた言葉は、ある意味、非常な驚きであり、衝撃であり、すべてのものが悪夢めいた不安定さを帯びた。図書室は、そこで起きた出来事にまつわる悲痛な感覚だけを残して徐々に薄れて消えていったものの、部屋の大きさはいまだに流動的に変化しているように見えた。ここにくることは慎重に考えろと本能が警告していたのは、なるほどこういうことだったのか。まさかの不首尾の苦みと裏切られた苦みとが、言葉になって爆発した――

「これがあなた流のジョークですか！　なんの用もないというために、はるばるここまでこさせたら面白かろうということですか！　当然、わたしをここに滞在させる気などなかったわけだ。わたしがあんな、昔、クビになった話なんかしたものだから――」わたしは言葉を切った。崖っぷちでぐっと踏みとどまった気分だった。過去がからむと、ひとことひとことが重く、危険なものになる。わたしはあえて踏み込まないことにした。頭のなかを列車が轟音を立てて走っていく。ここにくる途中、通りすぎてきた街や村、湖、森、山、川、すべてが見える――これを延々、逆行しなければならないのか。あの凄まじい旅は無駄だったということか。無駄だった……無駄だった……車輪のガタガタ鳴る音はどんどん速くなり、目の奥で苦痛の線路をひた走り、不意に途切れ、ねじれ、引き裂かれ……気がつくと、なんということか、わたしはまばたきして涙をこらえていた……。

部屋のなかで、またしても静寂が大きくふくらみつつあった。わたしは茫然自失、黙してうなだれるばかりだった。あっというまの爆発のあとは、もう怒りも憤りも感じなかった。話してなんになる？　もう手遅れだ。なにも変わりはしない。もう頭を上げようという気にすらならない。これ以上この部屋でなにも見たくないし、ききたくない。とくに、光のあたり具合と身ぶりの効果を計算し、俳優のような声音でしゃべるこの男を見たり、声をきいたりするのはごめんだ。と、彼のふとした動きが強引にわたしの注意を引いた。顔を上げるのに持てる力すべてを注がねばならなかった。

わたしのまえにあるのは、もはや炎の輪に囲まれた劇的な姿ではなかった。陽の光がもどったか、もともとの部屋の明るさが復活したのか、あたりが明るくなっていた。絵はふたたび暗く沈んでいる。ひと目でそれだけのことを見てとると、わたしの視線はけっきょく〈管理者〉の手に落ち着いた。長い、強靭そうな指が、ごく正確な動きで躊躇なくデスクの書類のなかから一枚の新聞写真を選びだし、わたしに向かって差しだした。

大勢のぼやけた顔が写った写真がわたしになんの関係があるのか、いぶかしく思ったが、歓迎の言葉が書かれた横断幕を見て腑に落ちた。「ミス美容師！」わたしは声に出していった。生気がよみがえり、感情鈍麻から抜けだし、写真を見つめて、ひとり微笑んでいた。こんな肌理の粗い写真でも、娘の表情からは親しみと温かみが感じられた。居心地のよいぬくもりに包まれた気がして、元気が湧いてきた。彼女が、まだ希望はある、とささやいてくれているようだった――完全にだめになったわけではない、〈鷲の巣〉が世界のすべてではない、と……。彼女の言葉をきいていたかったのに、〈管理者〉がしゃべりだし、彼女のくぐもったひそひそ声は、〈管理者〉の朗々たる演説口調にかき消されてしまった。

「われわれ〈鷲の巣〉の人間は、特別な責任を負っている。われわれの務めは、手本を示すことだ。ひとりひとりの行いは、すべからく非の打ちどころのないものでなくてはならない。この写真が撮られた時点で、世間はきみを〈鷲の巣〉の関係者とみなしていた。こういうタイプの若い女とつきあうことで、どれほどのダメージをこうむることになるか。この娘のコートを抱えている姿を写真に撮られて、ふたりがきわめて近しい仲だということを強調したわけだからね」

建前で叱責されるのは一向にかまわなかったが、友人を軽蔑するような発言には抗議せずにいられなかった――「彼女は仕事で大成功して、母親といっしょにホテル暮らしをしているチャーミングな女性です。充分にりっぱなことと考えてしかるべきだと思います――〈鷲の巣〉の基準に照らしても」近しい仲ではないと説明しようかと思った。赤の他人同士で、長旅の途中で知り合いになったのであって、写真にはたまたま写り込んでしまっただけだと。だが、あの娘を弁護してやろうという衝動は、自分自身の擁護にまで話をひろげられるほど強くはなかった。それに、どういう筋道で話せばいいのかもわからなかった。関係する事柄はひとつやふたつではないし、はっきりしないことが多すぎた。たとえば手紙だ――なぜ、どうして消えてしまったのか？あの手紙はタイピストの仕事場にどれくらい放置されていて、わたしがここにくるのがどれくらい遅れたのか？

いずれにしても、わたしの注意は大理石のように白く、しっかりとした手へとそれていった。その手はいま、わたしの取り調べを続行すべく二枚目の写真を差しだしている。それを目にしたとたん、どこか他人事のような冷めた思いは消え失せ、わたしは勢い込んでたずねていた。「どうしてこんなものをあなたが？」返事があったかどうかも気づかぬまま、さっきのものよりだいぶ鮮明な写真をもっとよく見ようと、わたしは身をのりだした。

それは、いつもわたしが眺めていたデパートの外観だった。陳腐なもったいぶった造りが雪化粧の下に隠れて、威厳が増している。雪は、わたしがつくったクリスマス用の天使の飾りにも光彩を添えている。だが、ほんとうにわたしがつくった像だろうか？外に飾られたのを見たことがないせいだろう、わたしがつくったものなのかどうか判断がつかなかった。ひとつの天使像は驚くほどあの絵に描かれた人物に似ていた。ひょっとしたら、いかめしい顔つきも説諭しているような姿勢も、壁の肖像画をまねたのではないかと思えるほどだ。いったいどういうことなのか……わたしは額に手を押し当てて考えた。「あの顔をつくった覚えはない……あの腕も……」しかし、あれほど一心不乱につくりあげた造形に見覚えがないなどということがありうるだろうか？

不意に、写真が視界から消えて――つの困惑に仕上げのひと筆を入れるかのように――わたしのスケッチに入れ替わった。どう見ても判事の姿そっくりの、あの険しい七座の遠景だ。驚きのあまり言葉もなく、わたしはそのスケッチをぼんやりと見つめていた。まちがいなく、わたしのスケッチだった。それでも、わたしのスケッチがこのデスクの上にあるなど、まずありえないことのように思えた。

世にも不思議な気象現象のもとで生じた全身の違和感が、この部屋の不安定な空気とそのなかで起きたすべての出来事のせいで強まり、最高点に達した。夢のなかにいるような状況で、もはや現実と非現実との区別がつかない。だがいまは、あたりになにかあたらしい不吉なものが感じられるような気がする……なにかよくないことが起こりそうだ……夢が悪夢に変わる前に逃げださなくては。

しかし〈管理者〉がまた話しはじめていた。これまでの演説調とはまったくちがう口調で、黙って耳を傾けるしかなかった。

「きみが辛抱してくれさえすれば、こんな形にしなくてすんだものを！　さんざん解決策を探したが見つからなかった。しかしそれでもなにか見つかると確信していたんだ……なにか、どちらともとれるような……きみがここに残れるようにできる曖昧な理由が。しかしきみはわたしと面会したいと我を張って、みなの注目を集めてしまった。もうこれ以上は無理だ……」

　話の中身よりも、彼の静かな声に入り込んできた意外なほどの疲れや悲しみ、敗北感といえそうなもののほうが心に響いて、一瞬、ふたりの関係にかつての神秘的な意味合いが蘇り、わたしを惹きつけてやまなかった彼の魅力をふたたび感じた。ところが、それとは相容れない痛切な感情が、おなじだけの力で逆方向へとわたしを引っ張り……わたしの視線はデスクに裁判の証拠物件のように並べられた三つのものへと向かっていった――少なくともそのうちのひとつは、後ろ暗い手段でしか手に入るはずのないものだ。わたしの私生活から切り取られたこの三ページが、わたしのここでの立場にどう関係するのか、わたしにはわからなかった。が、この三つが、わたしの存在が好ましくないことを証明する証拠として使われているのだ。

　腹が立ってしかたなかったが、抗弁が通る可能性がないのはわかっていた。不意に、これはすべて、すでに起きてしまっていたことのような気がした……いつのことだか、ずっと昔に判決をいいわたされていたような気が……。既視感《デジャヴ》がわたしを混乱させ、時間の渦のなかへと押し流し……脈絡なく年月が通りすぎ……なんのつながりもない出来事がふっと浮かぶと同時に消えていったが、どれも遠近感に欠けているせいでゆがんでいた。混沌のなかから、ある考えが浮かび上がってきた。「彼はわたしを裏切った」そしてすぐに、「それともわたしが彼を裏切ったのか?」この狂ったメリーゴーラウンドのまんなかで、わたしはそれが止まるのを待つしかなかった。しかし、いざ止まってみると、過去と現在とがわたしの上に崩れ落ち、下敷きになったわたしはそこから這いだすことができなかった。

だがわたしは少しずつ自覚しはじめていた。この絶望的な状況にけりをつけなくては、それも不穏な空気が実体化して事態をこれ以上悪化させないうちに、一刻も早くけりをつけなくてはならない。そのとき大理石のような手がスケッチのほうに動くのが目に入った。どういうわけか、それがわたしを、そしてわたしの舌を解放したようだった。「いえ」彼がスケッチをわたしに返そうとしているのを見て、わたしはとっさにいった。「それはそのままお手元に。わざわざわたしがいない隙に部屋からとってこさせる必要などなかったのです。よろこんで、さしあげますよ。わたしが〈鷲の巣〉にお邪魔したささやかな記念に、お持ちください。画家としての腕はたいしたことはない。それはわかっています。しかし作品としては、まっ正直なものです――発光塗料を使ったトリックも、まやかしもない」そういいながら、わたしはドアへと急いでいた。これで部屋からすんなり出ていける、そう思っていた。が、ノブを回さぬうちに、暇乞いをしようとふりむいたとたん、思いがけず傷ついた悲しげな表情に目を引かれてしまった。と同時に耳に入ってきた言葉は――

「事実をすべて知りもせずにわたしを非難するのは、フェアではないと思うが？」まったく予期せぬまさかの訴えに困惑したものの、無視することもできず、わたしは低く悲しげな声に耳を傾けるしかなかった――「世間には〈鷲の巣〉のことはわからない。なぜなら、われわれにとって、なにもかもが、それ以外のなにかを象徴する記号であり、記号はさまざまに解釈できるからだ――」

だがこれは、もったいぶったたわごとにしかきこえず、わたしは冷ややかに彼の言葉を遮った。「〈鷲の巣〉の説明なら、ちょっと遅すぎやしませんか？　わたしはもう解雇された身なんですから」それでもわたしは、わたしという存在の根っこにまで届きそうな感情に押しとどめられて、まだドアを開けずにいた。傲慢さのかけらもない静かな声のなかに悲哀を感じとって、その声が語る言葉をききつづけるしかなかった。

「おそらくきみは、きわめて当然とは思うが、わたしはここの主人なのだから、なんでも思いどおりにできると考えていることだろう。だがね、実際にはまったくそんなことはないのだよ。わたしは、疑わしい問題があればすべからく解決しなければならないが、結論はわたし自身が下すわけではない。わたしの務めは、現行の規約を管理し、個々の状況に適用することだ。その際、わたしとしては賛成しかねる事柄を認可せざるをえないことも、個人的希望とは相容れない指示を出さざるをえないことも、しばしばある。それが気楽な、楽しいことだと思うかね？」

話し手がここまで謙虚に説明してくれたことに感動を覚えはしたが、わたしの関心は少し前からべつの方向へさまよいだしていた。なにやら不吉な空気を帯びた危難が、じわじわと迫ってくる。いまはそれがなによりも気がかりで、問いかけに答えるどころではなかった。早く逃げなければ。切実な思いがふくらんで、ほかのことを考えている余裕はなかった。彼の話はつづいていたが、わたしはうわのそらで、ただひたすら、彼がこの理解不能な言葉の網にわたしをからめとる作業を終わらせてくれるのを待つばかりだった。

「記号の解釈を誤ったり、組み合わせや選択を誤ったりすると、信頼のおけない、まちがった結論、判断につながってしまう。きみに望むのは、われわれの規約以上にきびしい基準でわたしを判断しないでほしいという、その一点だけだ。われわれの規約は人間の限界というものを斟酌するし、無理なことを期待したりはしないのだよ――たとえ管理者にたいしてでもね」

これを終止符と受け取り、さっさと暇乞いをして事を有利に進めようとした矢先、また話がはじまって結論へとつづいていった。

「伝統的に、管理者が耐えがたいと感じるような状況とのあいだに距離を生みだす方法がいくつかあってね。ああしたトリック——と、きみは命名したわけだが——ああいうものの助けなしでは、わたしとしては続けられなかった。正直なところ、どうかね、ああいう手を使ったわたしは、やはり非難に値すると思うかね?」

さっきからますます気が急くばかりで、なにをきかれたのか、ぼんやりと理解しているだけだったのに、わたしは即座に答えた。「いいえ、もちろんそんなことは」なぜか、これが求められている答えだという気がしたのだ。否も応もなくこの部屋を出る必要に迫られているというのに、部屋のなかは薄暗く、孤立感が漂い、この部屋の外にはなにも存在していないかのようだった。たぶん、そのイメージが影響していたのだろう。わたしは動くことができなかった。ドアノブを握っているのに、回せない。頭のなかで、巨大な無音の鐘が鳴るような不吉な音が響きはじめていた。世界が傾いたような気がした……べつの次元へ少しだけ滑り込んだような気が……もう自分がどこにいるのかも、わたしを見ているのはだれなのかもわからなかった。

あの穏やかな、彫りの深い顔は、たしかに教会にあった顔——まるで十字軍戦士の彫刻が、墓からわたしを見ているようだった。しかし、目は生きていた。異様なほど強く輝いて、わたしの目をとらえていた。わたしにはこの催眠状態を解くことはできない。その目の奥深くで、なにか、わたしが見たくないなにかが、かすかに動いた。不意にわかった。危難はそこからやってくる……そしてわたしはその危難から逃れることができないのだ。そこから、なかば忘れかけていた、わたしがヒーローと思っていた男の意外な事実が浮かび上がってきた……そしてもうひとつ、彼のなかの……人ではない存在……この世ならぬものが……。

頭のなかを、部屋中を、混沌が渦巻く。倒れそうな気がして、本能的に手をのばした——その手をべつの手でつかまれて、ぎょっとした。だれの手なのか、皆目見当がつかなかった。一瞬、極度の混乱状態に陥って、目のまえの顔がだれのものなのか、味方なのか敵なのかもわからなかった。

だが、敵の声がこれほどやさしく話しかけてくるはずがない。「具合が悪いようだな——旅は無理だろう——あと二、三日、客として滞在してはどうかね?」その、まごうかたなき誠実で穏和な声音をききながら、わたしは暖かい光輝が全身にひろがるのを感じた……。それともこれほど暖かく輝いているのは壁の絵なのだろうか……?　絵を見ると、なにかが変わっているような気がした。前はわたしを叱責するように上がっていた腕が、いまは祝福するように、歓迎するように上げられている。しかも前よりずっとくっきり見えている。そう気がつくと同時に、輪郭線が燐光を放っているのがわかった。脳裏に奇妙な閃光が走り、不意に思いついた。絵の照明は床のスイッチでコントロールされているのにちがいない。そしてその欺瞞との連想で、一連の裏切り行為が思い起こされた。前もって計画された、弁明の余地のない、わたしの部屋からスケッチをうばうための企み。

裏切り者の不実な笑みをたたえた顔が過去の霧のなかから浮かび上がってきた。舌《ぜつ》を欠いた鐘の無音の響きが鳴りわたり、すべての敵、すべての迫害者の顔が浮かぶ。わたしにつきまとっていたすべての不正が浮かぶ。わたしが味わったすべての恐怖も……そしてわたしはぞっとするほどの反感を覚え、握られた手をぐいっとふりほどいた。

それでも、永遠とも思える瞬間、彼の抗しがたい魅力をたたえた目はわたしをとらえ、不可解にも厳格でありながら思いやりのこもった眼差しで見すえ、恐ろしい、取り返しのつかない過ちを犯してしまったという恐怖で、わたしを刺し貫いた。わたしはなにか激しいものを見せつけてやりたい衝動を感じた。できることなら、なにか叫ぶとか、質問を投げつけるとかしたかった。床に膝をつくのでもいい。だが、動く間も、声を発する間もなく、顔はわたしから遠ざかり、目は光を失っていた。

ついにここから出ていける。ついにドアを開けるのを阻止するものはなくなった。部屋の光景も焦点が合ってきた……が、前とおなじ光景ではなかった。表面上は似ているが、その類似性はただ全体としての不可解さを強調しているだけだ。彼方に立っている、かろうじて見分けられるだけの幻影のような背の高い人影とおなじくらい遠く、近づきがたい。しゃにむに部屋のあちこちに目を泳がせてみても、希望も、救いも、なにひとつ見当たらなかった。人を欺く仮面は剝がれ落ち、隠されていた虚無をさらけだしている。なにもかもが、究極の空疎な顔を見せている。

ならばこれが、わたしが最終的にたどりついた新事実だ。この、真実と思っていたことの全否定こそが。わたしは光輝あふれる神秘の一瞬のうちに、啓示をもたらす見知らぬ人物がわが庇護者、わが友人になったと思い込んでいた。最後に残ったのは、そのまったき理不尽さだけだった。

どこを見ても一様に虚ろな拒絶に出会うばかりだった。まるであの手を拒絶したことが周囲のものの集団的反応を誘発したかのようだった。恐ろしい結末とともに、部屋はわたしを外の闇のなかへ放りだそうとしている。わたしはすでに混乱していた。そしていま、周囲のすべてのものの冷たい無関心に直面して、恐慌をきたしている。わたしは、案内人がたったひとつの明かりを持って姿を消してしまった孤独な旅人さながらの恐慌を覚えて、闇雲にドアを開け、情け容赦ない恐怖に駆られてよろよろと部屋を出た。

10

どうやら人っ子ひとりいないらしい屋敷の静まりかえった廊下に出ると、パニックはまたたくまに引いて眩暈のようなものが残った。覚えているかぎりでは、頭のなかにはなんの考えもなく、ただ、心搔き乱す出来事の数々を思い出すまいという決意だけがあった。すべては、背後できこえたばかりのドアが閉まる抑えたバタンという音とともに終わったのだ。

最初にわたしの注意を引いたのは、またべつのドアだった。こんどは外に向かって大きく開いている。わたしは身の内でモーターが回りだしたような感覚を覚えて、ドアの手前で立ち止まった。控え目な興奮が脈打っていた。ドアのすぐそばまできていながら、わたしは外が見えないように壁に背中をつけていた。理由はまったくわからなかったが、外になにがあるかわからない、細心の注意を払って近づかなければならないという気がしていた。

わたしの意識の最前線を守っている自警団は、雲の瀑布の記憶だけが蘇るのを許し、それ以外のものはなにひとつ漏れださないよう注意していた。わたしは用心深く記憶を吟味し、慎重にもっと遠くまで見ようとした。目が眩んだが、くれぐれもその先で待ち伏せしている幻影のような人影まで見通さないようにしなければならない。興奮のモーターが勢いを増していく。だがそれでもわたしはまだ外を見ようとはしなかった。

もうひとつべつの記憶が浮かび上がろうとしていたが、通路のカーヴを曲がれずにいるようだった。カーヴのせいで、わたしの視界はかぎられている。だれかが角を曲がってやってくるのを待っているような気分だった。その印象があまりに強くて、足音が近づいてくるような気さえした――軽やかな、ほとんどダンスのステップを踏むような足音、若い女の足音だ。不意に、まだわたしにもどこかに希望はあるという若い美容師のささやきが蘇ってきた。と同時に、思い出した。わたしはあの雲に忠誠を捧げている、だからその見返りに雲はわたしを守ってくれるはずだ。わたしは熱い思いで一歩、踏みだし、ふたたび足を止めた。あの空に描かれた特別なしるしを探すのが怖かった。消えていたらどうしよう。ここでわたしは悟った。わたしがこれまで外を見なかったのは、あの貴重な非現実的体験が、現実ではなかったと証明されてしまうのが怖かったからだ。

だが、いつかは見なくてはならない。そして思った、それはいまだ、と。無理して眉をひそめ、なにか巨大な、重い、壊れたものが一方の側から反対側へ転げ落ちるのを感じながら、わたしはゆっくりと顔を上げて空を見た。

そして大きな安堵感とともに、望んでいたものを目にしていた。燃え立つ陽光のなか、一面に敷き詰められた砂利の原を眺めると、わずか数ヤード先ではまだ瀑布が降り注ぎ、噴水のように大きなはねを上げていた。瀑布は乾ききった大地を叩き、やがて徐々に上空の水煙へと薄れていく。

やっと肩の力が抜けた。魅了され、かすかな泡沫をもっと近くで見ようと、わたしはぶらぶら外に歩みだした。背中に太陽の熱を感じた。焼け焦げた布を当てられているようだった。それを通してときおり、ありえないはずの冷気がひっそりと忍び込んできた。そのひんやりとした淡い感触のあまりの不自然さに、例の隔絶された状態がじわじわともどってきて、現実を取るに足らぬものへと追いやっていった。

そこに立っていると、鎧を身につけ、秘密の武器を手にしているような気がした。夢想家さながら、いまだけは無敵の気分――夢のなかでは安全なのだ。いまは実生活とはなんの関係もなく、世界と向き合っていることができる。待ち伏せしている幻影の存在も忘れていられる。わたしはあらゆるものの外にいて、わが夢に無条件降伏し、つぎの動きのことなどまったく考えず、見えない世界からつぎに届く衝動がどんなものであれ、それに従おうという心の準備だけはしていた。車が一台、近づいてきた。わたしはわざとそのまえに出て、急停止させた。ブレーキがキーッと軋り、騒音と砂利が乱れ飛ぶ。怯えた顔の運転手がわたしを街まで乗せていった男だと気づいたわたしは、男の横に乗り込み、男の抗議も影のような存在も無視して、いますぐ街へ向かえと指示した。

これより遠い目的地のことは頭に浮かばなかった。街は名状しがたい希望の予感で、ほのかに輝いていた。お抱え運転手はまだいうことをきこうとしないので、わたしは指示を繰り返した。夢はまっしぐらにつづいていかねばならないと確信していた。車はいますぐ、わたしがいきたい場所に向かって走りだすのが当然であり必然であると思っていた。

ところがここで屋敷から灰色の人影が、わけのわからない叫び声をあげて飛びだしてきた。運転手が地元の言語でなにか叫び、おそらく返事をしたことで勇気づけられたのだろう、ブレーキに手をかけた。中断はごく一時的なものとわかってはいても、夢を軽視されたのは腹立たしくてならなかった。わたしは身をのりだし、ペニーに向かってどいてくれと叫んだ。彼女が送りだす懇願の波が漂ってくるのが、おぼろげに感じられたが、わたしは一顧だにせず、ただ夢を先へ進ませることだけを考えていた。ついに我慢しきれなくなって、わたしは運転手のまえに身体を割り込ませ、運転手を座席に押しつけてハンドルを握り、アクセルを踏み込んだ。ペニーを避け、スピードを上げる。ペニーも屋敷も遥か彼方に遠ざかっていった。ふと見ると運転手はちぢみあがっていてこれ以上抵抗しそうになかったし、車の運転にわずらわされたくもなかったので、ハンドルを返してやった。

敷地のはずれまできたところで、わたしは最後にいちどだけ〈鷲の巣〉をふりかえった。敷地の大半はすでに上空から降り注ぐ豪雨で覆い隠され、低いほうの斜面はえもいわれぬ蜃気楼のような雰囲気を醸しだしていた。水煙に射す陽光のプリズム効果が引き起こした目の錯覚だろうか、現実とは思えない光景だった。ただ巨大な岩のような建物だけがどっしりとした材質でできた不滅の、悪意あるものに見え、周囲で泡立つ奇怪な豪雨の奔流にも傷つくことなくたたずんでいる。まるでそれ自体がより強力な魔力を持っているかのようだった。

車が鋭角に角を曲がり、わたしはバランスを崩した。つぎに目をやったときには、もう〈鷲の巣〉は見えなくなっていた。あの奇怪な光景は、子どもの想像か悪夢の産物さながら、きれいさっぱり視界から消えていた。いきなり黒板消しで消したかのように、跡形もなく。わたしは座席にもたれてまっすぐまえを見た。あの場所が存在しなくなったような、そしてそれとともにあそこに滞在中に起きたこともひとつ残らず消されてしまったような気がして、ほっとしていた。

こうして過去が都合よく消去されたからには、心おきなく未来のことだけを考えられる。希望が、空高く駆け昇る星のように輝き、わたしはそれを追って走っていた。そしてわたしの心のスクリーンに星のように昇ってきたのは、あの若い美容師の顔だった。急に、わたしは彼女のもとへいこうとしているのだと気づいた。しかもこれは正しいことだ、これで元気になれる、という気がして、うれしかった。いまや未来は希望にあふれ、一点の曇りもない。けっきょく運命の人とは、心地よいパターンにはまるべく出会ったようなもの。厄介事も謎も、最後には調和のとれた素朴なよろこびに道を譲るのだ。そう思ったというより、感じたというほうが正しい。未来は絵のなかではなく、彼女と並んでそぞろ歩いていたときに経験したあの若々しい楽観的な気分のなかに立ちあらわれていたのだ。もっぱら期待のなかに身を置いていたわたしは、いまの不快な状況などまるで気にならなかった――熱気も、ぎらつく陽光も、ずきずきする頭に背骨を伝って響いてくる車の揺れも。

街のはずれにさしかかった頃、わたしはなにかを感じて、もういちどうしろをふりかえった。すると驚いたことに、背後の空はすっかり暗く陰り、そこらじゅう黒褐色の雲の塊が凄まじいスピードで前方へと疾走していた。雲は見る見るうちに太陽を隠し、世界の様相を、そしてわたしの心の風景をも変えていった。わたしはその嵐の雲の群れを、目に見える〈鷲の巣〉の影響力ととらえた。それがわたしを追ってくるのだと。とたんに、非現実の鎧がはらりと落ちた。そして、夢の世界のものゆえ、これまでいちどもほんとうにわたしのものになったことなどなかった自信も鎧とともに消え失せ、不吉な予感がそれに取って代わった。〈鷲の巣〉は地表から押し流されてはいない。いまも厳然と存在している。したがって、わたしが失くしてしまおうと企んでいた過去も厳然と存在している。記憶のいちばん深い奥底に潜んでいた不鮮明な、怪物めいた、なにも明記されていない出来事の数々が情け容赦なく認識の領域へと押しやられてきた。わたしは全力で戦ったが、最後にはそれらが表へ出てくることはわかっていた。

これから会おうとしていた娘はもはや背後に後退し、ほとんど忘却の彼方だ。ついさっきまで希望に満ちていた未来にはもうなにも残されておらず、ただ切迫感と緊張がつのっていく感触があるのみ。なにか障害物にぶつかってしまったような、あるいはなにか失敗してしまったような漠然とした恐れを感じる。手遅れになってしまったような気がしてならない。わたしはなすすべもなく、激しい失望感を抱いて街の通りを見つめるしかなかった。いつも生気にあふれ、明るい陽光に照らされていた通りが、いまは不気味なほど閑散として、まるで遺棄されたような建物は毒々しい雷光のなか、溶岩色に、あるいは青白く、浮かび上がる。この幻覚のような光のもと高々と鉛色にそびえるホテルを目にしたとたん、興奮の脈動が狂ったように速度を上げはじめた。

車の速度があまりにも遅すぎてがまんしきれず、わたしは車がまだ疾走しているうちに飛び降り、半狂乱の体でホテルに向かって走った。空から落ちてくる生ぬるい大きな雨粒は、ぼってりふくらんだ、のろい虫のようで、最初はまばらにものうげに降っていたのに、ホテルの入り口に着いたとたん、ブンブン唸りをあげる大群に変わっていたが、わたしはそんなことにはほとんど気づいていなかった。きこえるのは自分の心臓の轟きだけ。とそのとき、最後を告げる恐ろしいバンという音が。階上で、シャッターが下りた音だ。わたしは数秒間、肩で息をしながら入り口に立っていた。おぼろな人影がいくつか、あたふたと横をすりぬけていった。いや、これは空想の産物かもしれない。熱に浮かされているかのように、見るものすべてが消えるか消えないかの縁であやうくバランスをとっている。

いざここまできてみると、入るのをためらっている自分がいた。青白い壁を疑いの目で見つめる。その蒼白さはカモフラージュの一種で、なにかを隠しているような気がした。いったいどんな罠が待ち受けているのか？　わたしは苦労してその疑問をもみ消し、なかに入った。

ホテルのなかも通りとおなじように閑散としていた。照明の落ちた広い部屋は、どこも空の椅子の大群があるばかりだ。椅子は、いきなりの逃走劇でもあったかのように、ここにひとかたまり、あそこにひとかたまりと、妙な具合に無秩序に立ち並んでいる。ざっと見わたしても人影はなく、わたしはおずおずとそうした部屋をいくつか抜けて内奥のロビーで足を止めた。たったひとりで、薄暮の世界に入り込んでしまったようだった。もうここでなにをしているのかも、これは大事なことだと思っていたのかどうかも、はっきりとは思い出せなかった。この場面全体が、時間に縛られない子ども時代の冒険のような空気を帯びていた。薄明りのなかの部屋は、ひとつ抜ければまたつぎの部屋があらわれ、暗い洞窟が連なっているようだった。仮にわたしの足音に驚いてカーテンの陰から蝙蝠が飛びだしてきたとしても驚かなかったろう。シャンデリアの鍾乳石のような鉱物的な輝きのもと、無秩序に置かれた家具類の群れは複雑に入り組んだ石筍の森で、わたしはそのなかを手探りでさまよっているといってもおかしくなかった。

雨音はますます大きくなってきていた。薄闇は濃さを増し、いまや家具と影とが溶け合って区別がつかないほどだ。わたしは移動しているあいだ、このいっしょに動いてくるように見える黒い影を遠くからよそよそしい気分で眺めていた。しかしこうしてじっと立っていると、影はぐっと目立つ存在になり、強く意識せずにはいられなかった。なにやら影がひそかにするすると動き、集まって、ぼんやりとした塊になり、わたしを取り囲もうとしているような気がする。わたしは自分がふるえているのに気づき、幻影が近づいてくるのを認めたくなくて、これは雨で気温が下がったせいにすぎないと、あわてて自分にいいきかせた。しかし、得体の知れない恐怖が意識の表層へと突き進んでくるのが感じられる。わたしは唐突に、くるりと向きを変えた。べつの方向を向けば恐怖と顔を合わせずにすむような気がしたからだ。

驚いたことに、その小細工が功を奏したようだった。用心深く見つめるわたしの目のまえで、影が描く円が少し後退したのだ。そして唐突に、円全体がばらけ、壊れて消えていくと同時に、不思議なことに小さな星があらわれた。〝美容室〟のネオンサインだ。涼しげなグリーンの文字が穏やかに燃えている。とにかく当面は救われた。

まるでべつの部屋に入ってドアを閉めたかのように、ついさっきまで考えていたことや感情は完全に背後に置き去りになり、記憶から消えてしまった。その空所を埋めたのは、まったくべつの一連の思考、感情だった。もう興奮は存在しなかった。あるのは落ち着きと子どものように無垢な信頼だけだった。彼女を、というか彼女がいるはずの場所を見つけたからには、期待どおり、なにもかもがうまくいくと、わたしは信じて疑わなかった。わたしが疑いを抱かなかったのは、いつのまにかただひたすら期待するのみの状態にふたたび陥って、なにも考えなくなってしまっていたからだった。苛立ちさえ影を潜めていた。待つのも平気だ……疲れを感じるのも……急に、立っていられないほどの疲れを感じた。それでもなにも考えず、わたしはいちばん近くの椅子に腰をおろした。さっきまでの考えをあまりにも完全に捨て去ってしまっていたので、もし自分が影が積もり積もった暗い一画にいることを自覚していたとしても、おそらく影がいまや味方になり、くるくると丸まって痛む頭を休めるやわらかな灰色の枕になっていくさまを目にしたところで不思議とは思わなかったことだろう。

わたしはじつに気持ちよく椅子におさまっていた。正面には小さなネオンサインがあり、夢見心地で見つめていると、ぎょっとするほど不意にネオンの下のドアが開いて待ち人があらわれた。身なりのいい、見知らぬ若い男がいっしょだった。

心地よい放心状態からいきなり呼びもどされたものだから、わたしの反応は遅かった。かろうじて彼女を認識するかしないかのうちに、その同伴者の存在にわたしの心は完全に掻き乱されていた。どういうわけか、わたしがたどりついたときに彼女がひとりではないかもしれないという可能性はまったく考えていなかったのだ。この状況のせいで、わたしの思考も感覚もまるごと大混乱の海に投げ込まれてしまった。頭上に突然、光があふれたときも、わたしはまだこの状況になんとか適応しようとあがいている最中だった。わたしが目立たないよう椅子にちぢこまっていると、ウエイターがあらわれ、そのウエイターに、見知らぬ若い男がどこか横柄な態度で短く声をかけた。あきらかに叱責しているようだった。どんどん光があふれてくる。大きな部屋の反対側からでも若い見知らぬ男の表情がやすやすと見てとれる。ウエイターを叱責する、いささか傲慢な渋面。そして娘のほうを向いたときの親しげなやさしい笑顔。その尋常ならざる変化。あまりの落差の大きさに、わたしは衝撃を受け、わたし自身、混乱のさなかにいるにもかかわらず、考え込んでしまったが、やがてはたと気づいた。いまの最後の表情は、見てはいけなかったのだ。あれはごく私的な、あの娘だけに向けられた表情だ。

わたしは条件反射で視線をそらせた。そしてつぎに彼女に視線をもどすと、なぜか彼女をはっきりと見ることができなかった、いや、見ているものを受け入れることができなかったといったほうがいいだろうか。彼女の髪が輝くカーテンのように顔を取り巻き、わたしの視線を締めだしていた。彼女はまるで楽しくて安全な私的空間に隔離されているかのように、友人と腕を組み、広い部屋のいちばん端にあるドアに向かって歩いていた。ふたりの動きはゆっくりとしていて、ドアにたどりつくにはかなり時間がかかりそうだった——わたしの揺らぐ感情が憤りに結晶するに充分な時間が。ふたりが、まるで田舎道をふたりきりで歩いているかのように呑気にゆったりと、わたしが幸福になれる最後のチャンスとともに進んでいくのを見ながら、わたしは身を隠すことも忘れて、声をかけて呼びもどしたいと思っていた。無慈悲に人を傷つけて進んでいくふたりの歩みを止めてやりたかった。が、立ち上がって口を開けても、なんの音も出てこなかった。ふたりは互いのことに夢中で、わたしのことなど気づいてもいなかった。そしてついにドアが閉まり、ふたりの姿はわたしの視界から消えた。そしてドアのなんの飾り気もないパネル板がぴしりと終止符を打った——なによりもはっきりと終わりを告げたのは、わたしの憤りだった。わたしはこの恐ろしいほどあっけない尻すぼみの結末に呆然として、微動だにせず立ち尽くしていた。

わたしはまんまと罠に落ちてしまったのだ。そう気づいたのは、麻酔から覚めるようにじわじわと衝撃から抜けだしてからのことだった。ちょうどウエイターが近づいてくるのが目に入り、急に思いついてたずねてみた——「あの美容室のところできみが話していた人、あれは？」

「もちろん、支配人ですが」不機嫌そうに、苛立たしげに、男はむっとした表情でわたしを見つめていた。たぶん、こんなだらしない身なりの頭のいかれた男を追いだすべきかどうか、考えていたのだろう。男は早足で部屋を出ていくことでその問題を解決した。

なぜか、ウエイターの返事をきいて思ったのは、こうなるとわかっていてしかるべきだったということだった。最初に支配人のことが話に出たときに、最後はこうなると想像がついて当然だったのだ。麻酔がかかったような状態を、いきなり恥辱感が貫き、神経痛のように痛んでわたしを苦しめた。可愛い娘の興味の対象になりうると思っていたとは、グロテスクなうぬぼれもいいところだ——なにをやってもうまくいかない一文無しの中年男のくせに！　人の車を勝手に使って、ろくに知りもしない美容師を追いかけるなど、のぼせあがった若い男でもあるまいに、よほど頭がどうかしていたにちがいない。わたしは大股で歩きながら、嫌悪感に満ちた言葉にならない言葉を発していた。疲れもなにもかも、一刻も早く立ち去りたいという本能的欲求のまえに消え失せ、少しでも早く遠くへいければ忌むべき自分を置き去りにできるかのように、どんどん歩みを速めていった。そうすれば、ばかげた見苦しい失敗から逃れられるような気がしていた。

直観で、ホテルに入ったときのドアに向かっているつもりだった。ところがどこでまちがえたのか、明かりのついていない小部屋に入り込んでしまった。どうやらだれかの居室のようだった。部屋のなかを冷徹に見つめている目のような、カーテンもなにもかかっていない縦長の窓がふたつ——その窓が、逃げだしたいというわたしの強迫観念に穴を穿ち、わたしに見ることを強いた。と同時に、心と身体の衰弱、メカニズムの機能不全を押しつけてきた。

ドアと同じ長さのある縦長の窓の外では、近くの入り口からの光を受けてスパンコールのようにきらめき揺れる雨のカーテンが道路を隠している。窓を開けて外の舗道に踏みだすと、だれかが泣いているような降りつづく雨の音が、激しいむせび泣きに変わった。舗道に出るとすぐさま豪雨が降り注ぎ、冷たい濡れた前足でわたしの頭を叩いて、わたしをシェルターへと追いもどした。わたしはその暴力の激しさにうろたえていた。

雨は少なくとも、走って逃げてもどこからも脱出できないという事実をわたしに叩き込んだようだった。いまのわたしは窓の朝顔口（訳注―厚い壁にあいた窓やドアの周囲が外側より内側のほうが広くなったつくり）に隠れるようにちぢこまり、涙のように顔を流れる冷たいしずくを拭おうともせずにいる。

長いこと見つめていると、雨は、わたしと生きた世界に属するすべてのものとのあいだに立ちはだかる壁になっていった。また、雨は幻影の産物のようでもあり、わたしが見ているあいだに不気味にふくれあがり、厚みを増して、なにか形なきものが形をとりはじめているかに見えた。突如として、恐怖がふたたびわたしに追いついてきた。が、こんどはひとつだけちがうことがあった――わたしはもうこれ以上、逃げようがないところまできてしまったのだ。

もはや、凄まじい努力をしてじっと立ち尽くし、夢のスクリーンを介在させることなく、自分が置かれた状況とじかに対峙するしかない。もう思い出さずにいることはできなかった。なんとか捨ててしまおうとしていた記憶と向き合わざるをえなかった。幻影は過去のものではないことを、わたしはすぐに悟った。幻影のありかは過去ではない。もどってきた記憶はどうやらちがう見方をさずけてくれたようで、〈鷲の巣〉での出来事はあそこだけで完結する災難続きの日々というわけではなく、ずっと昔、偶然引いたクジのせいでこの世界でわたしがいるべき正当な場所を失ったときに申し渡された刑のつづきだったということが、はっきりとわかった。

「しかし、それは耐えがたい」とわたしは思った。理不尽な世の不公平を我慢することなどできない。なにか意味があるはずだ。人生にはかならずどこかに意味が含まれているはずだ……。わたしはしばし、あの白日夢の世界にもどろうとした……そうすればつきが変わるにちがいない……こんな状態でも、事情は改善されるにちがいない……。いや、だめだ。それはいけない。もうこれ以上、自分を欺くわけにはいかない——そんなことはしたくない。幻影とともにすごす年月はすでに長くなりすぎている。お伽話とともにすごす子どものようなものだ。

重い鉛色の雨がたえまなく降りつづき、わたしとこの世のすべてのものとのあいだに壁をつくりつづけていた。わたしの実際の状態と心の状態の関係によく似ていた。〈鷲の巣〉はわたしの最後の希望だった。しかし〈鷲の巣〉はわたしを追いだした。切羽詰まったわたしは個人的関係に目を向けたが、娘もまたわたしを見捨てた。わたしは馴染みあるものすべてから隔てられた場所にきてしまった。だれもわたしを救いだすこともできなければ救おうともしない孤独な場所に——たよれるのは自分しかいない。絶望的な状況だ。それでも、完全になにもかも失ってしまったわけではない。独立心と自信は、まだ残っている……。こんな状況でも、切り抜けられる可能性はあるかもしれない。

開け放った窓のほうへもどろうとして、わたしは感じた。自己欺瞞にゆっくり背を向けていくと、幻影と向き合うことになるのではないかと。雨のなかで、なにか恐ろしげな姿が実体化するかもしれないと、なかば予期していた。が、そこにはただ水の壁があるだけで、なにやら裏切られたような気分になった——なんとなくわかってきたのは、わたしにはまだその含意がつかみきれていないということだった。しかし、たとえ幻影の正体がまだはっきりとはわからないにしても、とにかくそれが外の現実世界に存在しているわけではないことだけはわかっていた。幻影から逃れるすべはない。なぜなら幻影はわたしの内部にあるからだ。そうとわかって背筋が寒くなる思いだったが、そこには希望の萌芽もあった。それがわたしの一部であるなら、いつかはコントロールするすべを身につけられるはずだ。

わたしはずっと〈管理者〉を心から締めだそうとしてきた。だが、思考習慣というのは恐ろしいものだ。わたしの精神生活はあまりにも長いこと、けっきょくはわたしを裏切ったと思うしかない存在を中心に営まれてきた。そんな人物を忘れることなどできそうにない。しかしここでも、記憶の視点は変化しているようだった。なにが真実なのか、あらたな視点でふりかえってみると、確実な記憶と想像の産物とをきちんと区別しきれないのだ。わたしは庇護者を切望するあまり、そういう存在を自分でつくりあげてしまったりはしなかったかと、そんなことまで考えはじめた——ひょっとしたら〈管理者〉はわたしの想像の産物なのかもしれない。だからこそ手強い相手なのかも。でなければ、彼本来の特質ではないものを想像で勝手に付与してしまったか。

考えにふけっていたわたしは、空がしだいに明るくなってきていることに気づいていなかった。雨は依然として降りしきり、あがる気配はなかったが、街は急速にいつもの暮らしにもどりつつあるようだった。車もふたたび動きだしていた。四方八方に急ぐ通行人たちの傘が、灰色の水路と化した道路に浮かぶ泡のように煌めいている。その動く泡が、なにかに動揺した昆虫の群れがあわてふためくような、おちつきなく右往左往する性急な空気を醸しだしている。それに比べて、わたしの世界はとても静かで落ち着いているように思えた。なにもかもが、わたしの頭蓋のなかで小さな自己充足した世界に収縮してしまっていた。重要なのはわたし自身の存在を統御できるかどうか、ただそれだけだった。これまでのわたしは、目的もなくあたふたと右往左往する群れに加わろうとしていた。それがまちがいだったのだ。しかし、わたしはもう過去の人生の最終地点に到達してしまった。そして、終わりがあるからには、そこからなにかあたらしいものがはじまるはずだ。

実情は、これ以上、悪くなりようがないほどひどい。金もなければ、わずかな所有物さえ失ってしまった。どこへいくのかも、どうやって生きていくのかも、わからない。だが、こうした事実も、あらたに得た内なる方向感覚にすっかり夢中になっているわたしの心になんの影響もおよぼさないようで、わたしは雨のなかへ踏みだすべく襟を立て、やっと正しい行路をたどれると確信していた。

窓を押して最大限、大きく開いたときだった。一台の車がヒューと音を立ててわたしのほうに向かってきた。雨がぽつぽつとあばたのような穴を開ける浅い灰色の川と化した道路に、一対の波しぶきを跳ねあげながら近づいてくる。わたしはうしろに下がって、車が通りすぎるのを待った。これからあらたな一歩を踏みだすというときに泥水でびしょ濡れになりたくはない。ところが車は通りすぎずに、わたしから数ヤード先のホテルの入り口で止まった。そこにはどんよりとした雲を透かして射し込む弱々しい陽光よりも強い人工の光が降りそそぎ、水浸しの舗道に反射して、踏みにじられた派手な花のようなしみをつくっていた。その光の花を四方八方に蹴散らして、若い娘が車から飛びだし、階段を駆け上っていった。わたしはその娘の形のよい足が光を蹴散らして進み、光がグレーのスカートからウエストへと跳ね回るのを見つめていた。上半身は全体が薄闇のなかで、ぼやけている。顔は見えない。が、わたしの顔には驚きの表情が浮かんだにちがいない。彼女が、姿の見えないだれかに向かって声をかけたのだ。「嵐になってから、だれか、このあたりで見かけない人がこなかったかしら？　帽子をかぶっていない男の人——」ドアがバタンと閉まって、耳慣れたペニーの声が断ち切られた。彼女はもうホテルのなかだ。

わたしはこの部屋にはなんの関係もない人間だ。だれかに見られないうちに立ち去らなければならないことはわかっているのに、わたしはその場に立ち尽くしていた。思いがけずペニーがやってきたことで、わたしの思考は混乱状態に陥っていた。いったいなんでまた彼女は姿をあらわしたのだろう？　駆逐しても駆逐してもあらわれる悪貨《バッド・ペニー》みたいだ、とばかげた洒落が頭に浮かんだ。と、そのとき気づいた、彼女がたずねていた帽子をかぶっていない、このあたりでは見かけない男とはわたしのことにちがいない——彼女はわたしを探しにきたのだ——やっと事情がつかめた。だが混乱は深まるばかりだった。「つまり、わたしがどうなるか気にかけている人間がまだいるということか」それが、混乱した頭から意に反して飛びだしてきた最初の、なんとか筋の通った考えだった。それはまるで役立たずの愚かな小鳥のように問題のまわりをひらひら飛びまわっていた。彼女がきたことで、すぐに決断しなければならない問題が生じてしまった。ペニーとかかわりたくないなら、彼女に見つからないうちに、即刻、姿を消さなくてはならない。

わたしの最初の反応は、彼女がわたしに関心を持ってくれたことにたいする感謝の気持ちだった。が、いまは、やっと考えがはっきりしそうなところで邪魔されたことが腹立たしい。ついに正しい行路をたどれると思っていたのに。だが、彼女がきたという程度の些細な出来事でいつもの不安で混乱した状態に立ちもどってしまうようでは、さほどしっかりと確信できていたわけではなかったのだろう。頭は混乱しているし、じれったいしで、彼女にたいする怒りがこみあげてきた。彼女は、わたしに屈辱を与える目的で、わたしの無力ぶりを証明する出来事を意図的に仕組んだのではないかとすら思えた。しかし、前の考え方に立ちもどって、秘書もまたわたしが生みだした投影像なのかもしれないと思ったとたん、怒りは消えていった。この、きわめて深刻でもなければ、まったくの絵空事ともいえない考えは逆説的効果をもたらし、わたしは彼女をいつものようにわたし自身あるいはわたしがらみのことと関連づけて見るのではなく、一個人として見てみる気になった。彼女は一個人として存在し、わたしのあてどない思考が彼女のまわりをぐるぐる回っているという構図だ。

もちろん彼女はわたしが屈辱的な形で〈鷲の巣〉を追いだされたと知っているだろうから、わたしとかかわりを持てば〈鷲の巣〉での自分の立場が危うくなることは承知しているはずだ。ではなぜわたしを追ってきたのか? 彼女を歓迎すると思わせるようなことをいったり、そんなそぶりを見せたりした覚えはないのだが……。

これまで彼女が姿をあらわしたときに格別の印象を抱いたことはなかったと思う。が、いまわたしのまえにあらわれた彼女は目が覚めるほど鮮烈だ――やさしくて、意地が悪くて、怯えていて、涙目で、つつましやかで、微笑んでいて、茶目っ気があって――さまざまな気分の顔が見え、やがてそれがさまざまな可能性と合わさって、頭のなかいっぱいにふくれあがった。あらたな人生を構成するあらゆる要素、そこから派生するさまざまな問題――わたしが選ぶ気になれば、あらたな人生は手の届くところにある。わたしを待っている。

わたしは水の薄膜の下の舗道をぼんやりと見下ろしていた。と、水に浸かった舗道の敷石の上を、形の定まらない奇妙な影が音もなくすべってきた。ひそやかにするすると、わたしのほうに近づいてくる。その不吉な雰囲気に、ふとあの幻影のことが浮かんだ。雨のなかで怪物じみた形をとるのではないかとなかば予期していた、あの幻影だ。いまではもう、あれはわたしの恐怖心が生みだした亡霊にすぎないとわかっている。あれはいつのまにか身についてエスカレートさせてきた悪癖の産物だ。わたしにつきまとう力を与えていたのは、ほかならぬこのわたしだったのだ。この影によって、幻影の帰するところはわたし自身だとあらためて思い起こしたことで、わたしの心はもうひとつべつの結論へと導かれていった。いま目のまえに開けたばかりの、あらたな人生の可能性にかかわることだ。いったいどんなあたらしい人生があるのか、といわれているような気がした。外部の出来事は、わたしが自分の鋳型に無理やりはめこむまで、なんの形もとっていないのだから、どんな形をとるかはわたしの責任なのだ。人生に、不公平と失敗というパターンを押しつけたのはこのわたしだ。それを変えようと思っても、もう遅い。自分でつくりだしたパターンでやっていくしかない。細部の手直しはきくかもしれないが、全体の設計そのものは変えようがない。それで、わたしの存在という問題を解決していくしかない。わたしは、なんの罪ゆえに、もっとも無垢な行為が挫折する運命に陥ってしまったのか、あきらかにしなければならない——そうすれば少なくとも最終的には、自分自身を知ることができて心が満たされるはずだ。

やはりわたしには、あらたな人生などありえない。そしてまた個人的関係などというものもありえないように思える。そういうものは問題を曖昧にするだけだ。とはいえ、わたしは懐旧の情にとらわれ、このことをもうしばらくあれこれ考えずにはいられなかった。この世でいちばん欲しいのは人との触れ合いだと思っていたのは、そう遠い昔の話ではない。そしていま、それをいちばん必要としている、まさにそのときに、目のまえに差しだされたのだ。ほんとうに困難な時期がはじまろうとしている、いまこのときに。ペニーが差しだしてくれたものを拒むとしたら、それは彼女の贈り物の価値を過小評価したからではなく、自制を求める強い衝動がなにものにも勝ったからということになるだろう。だが、そうは思いながらも、わたしは彼女の矛盾した行動に、なんとも整理のつかない好奇心を覚えていた。かつて彼女は、信用できない人間と思わせるに充分な材料を提供してくれた。それがいまこの瞬間、わたしを探している、それもかなりのリスクを冒して、となると、どうしても好意的にとらえたくなってしまう。

不吉な影はもはやどこかへ流れ去り、濡れた舗道からはわたし自身のゆがんだ顔が痛ましげにこちらを見つめているだけだ。顔を上げると、一陣の風が濡れた髪をぐいと引き、雨のカーテンをうねらせて吹きすぎていった。雨は霧のようにあたりをぼかし、反対側の道路がかすんで、ずっと遠くに見える。わたしはふと、自分が見えない存在になったような錯覚にとらわれた。曇りガラスの壁のうしろに立っているから通行人の視線は届かない。一瞬、そんなふうに思えたのだ。

雨は間断なく降りしきっている。このままやまないのではないかと思いたくなるほどだ。わたしは肚をくくって最後の一歩を踏みだすことができず、外へ出るぎりぎりのところに立ったままだった。土砂降りのなかへは、まだ一歩も出ていない。なかというよりは外に近いところにいるから、意識に入ってくるのは絶え間ない雨音と方向の定まらない風だけで、背後のホテルのなかで人の声がだんだん大きくなってきていることには、ほとんど気がつかなかった。名前を呼ばれたような気がして素早くドアのほうをふりむいたが、確信はもてず、耳にはまだ叩きつけるような雨音があふれていた。

急いで立ち去るべきなのはわかっていた――もし立ち去る気なら。だがわたしは身動きひとつしなかった。窓に背を向けているのに、足音と声に囲まれてしまったような気分だった。騒音にかぶせて、さっききいたあの声がまちがいなくこっちへ近づいてくる。もうペニーが近くにいるという事実を無視することはできず、じっとドアに視線を据えた。彼女がドアを開けないことをどこかで期待していたが、そんなことはありえないし、内心ではいまにも開けるにちがいないと確信していた。

ドアノブが回りだしたのを見て、わたしは遅ればせながらあわてて逃げようとした。もちろん、まにあうはずがない。だが、表の水の壁を見た瞬間、ある考えが浮かんで、わたしは安堵した。彼女といっしょにここにとどまろうと、わたしひとりで、はっきりした出発点も目的地もない旅に出ようと、ほとんどちがいはないのだ。どちらでもかまわない。なぜなら、べつの存在とどれほど近しくかかわろうと、わたしの世界はつねに秘密のうちにあり、近寄りがたく、閉ざされているからだ。人はわたしを見ることすらできない。見えるのはただ、見通しのきかない半透明の壁の向こうにある、おぼろげで変化しやすい、ゆらめく影だけだ。

11

内なる夢

木の実のように自己充足した、みっしりと固い物体が、夜陰に沈んだ床に置かれている。もしかしたらほんとうに特大の木の実なのかもしれない。とにかく、どうしたら割れるか、いちばんいい方法を見つけなければならない。だが、たえず成長しているから割るのはむずかしい。もう家くらいの大きさになっているが、ドアや窓はさっぱり見当たらない。連綿とつづく壁は空高く聳えて雲の狭間胸壁をまとい、いくら首をのばしても、もうてっぺんは見えない。おずおずと手を出して、なめらかで冷たく光る表面に触れる。オニキスのようでもあり、黒い氷のようでもあり、小さなひび割れどころか、弱さを示すものはなにひとつ感じられない。このむきだしの恐るべき壁の畏怖の念を起こさせるほど禁欲的で完璧な究極の姿は、なかに入りたいというわたしの望みを全否定し、これを打ち壊せるなどと夢想することは身のほど知らずで、滑稽で、このうえなくばかげたことだと思えてしまう。が、それでも挑戦しつづけねばならない——わたしの存在意義はそこにしかないのだから。

わたしは身ぶるいして目を覚ます。そして目がほんとうに開ききらないうちに、もういちど本能的に閉じてしまう。が、寒さと居心地の悪さが、ふたたび眠りに沈むことを許してくれない。それに、もう九時間、十時間、寝ている——昔の睡眠習慣と比べたらほとんど倍に近い。不運に見舞われてからというもの、できるだけ長く寝ることで人生を、そしてこの極寒の冬を、やりすごそうとしているような気がする。起きていてどうなるというんだ？　わたしが起きていようといまいと、わたしにとってもほかの人間にとってもたいしたちがいはないのだから、一日中寝ていてもかまわないのだ。これからやらなければならないことがあるわけでもないし、会わなければならない人がいるわけでもない。これはきょうだけでなく、あすもあさっても死ぬまでずっとつづく——冷たい憂鬱に包まれたいまは、そんなふうに思える。

身体が古びたマットレスの凹凸に順応するように、心は使い古した経路を通ってひとりでにわたしを叩きのめした災厄の前の時代へともどっていく。ずいぶんと昔のことのような気がする。あの頃とはなにもかもが信じられないほどに変わってしまった！　これは、いつのことかも曖昧になってしまった、のどかな蜜月のことを考えるようなものだ。あの頃は友だちもいたし、安泰な（と思っていた）居場所もあった。仕事は好きだったし、順調にこなしていた。給料もよかったし、面白い人たちとの出会いもあった。退職したら年金も出ることになっていた。わたしは勤勉で野心的だった。順風満帆の仕事が奪われることなどありえないと思っていた。

使いの人間がきて、あの運命の面談に呼び出されたとき、わたしは自分のオフィスにいた。使いがわたしを探しにオフィスにきたのは、ちょっと奇妙だなと思ったのを覚えている。その時間は、いつもならビルのべつの場所にいるからだ。しかし、あの日の朝、わたしは冴えないオフィスの雰囲気を少し個性的にしようと、私物の小さいペルシャ絨毯を持ち込んで（なんの疑いもなく、この部屋は自分のものと思っていたのだ）いちばん見栄えのする場所はどこかと、あちこちに置いてみていた。

もしかしたら、あの頃は自信過剰だったのかもしれない。だが、社内で将来性ある人間のひとりと噂されていることを知らないふりをしていたら、真っ赤な嘘をついていたことになってしまう。上司の部屋へ向かう途中に感じていたのは、日常のルーチンを邪魔されたささやかな苛立ちだけだった。すでに絨毯で時間をつぶしていたので、上司の用件が長引かなければいいが、と思っていた。言葉数が少ないことで有名な人だったので、まず長引くことはあるまいとも思った。

日頃の評判とは裏腹に、初老の貫録ある白髪の上司が、どうにも理解しがたいとりとめのないことを滔々としゃべりだしたのには驚かされた。しかも彼はわたしの顔を見ようともせず終始うつむいたままで、デスクの上のものをひっきりなしにいじりまわしていた。こういう神経症的症状は伝染性が強くて、わたしまでなんとなく不安になりはじめてしまった。あきらかに用件はわたしが考えていたより深刻なもののようだ。それにしても、いったいどんな用件なのだろうか？世界規模での社会不安だの、銀行の倒産だの、わが部署での人員削減も含めた経済指標の見直しだのといった話を注意深くきいていても、自分がどうしてこの場にいるのか皆目、見当がつかなかった。とはいえ、わたしがなんらかの形で深くかかわっているのはまちがいない。それが証拠に上司は話の合間に、なんの関連もない個人的な思いを織り込んでくる。わたしの仕事ぶりをほめたり、強い遺憾の念をあらわしてみたり、わけがわからなかった。

彼は終始、わたしに顔を見せようとしなかったが、もっと単刀直入に話してほしいといおうとした刹那、ふっと顔を上げた。彼は驚くほど変わっていた。衰えていた。前に会ったときと比べると、急激に老け込んでしまったという印象だ。ほんの数日前には白髪がかつらに見えるほど若々しい壮健ぶりに感心させられていただけに、これは大きな衝撃だった。心配になり、それを隠そうとしているうちに、話の筋道が見えなくなってしまった。いったいなにが、これほど唐突な、見る者が不安になるほどの変化をもたらしたのだろうか？　いまでもしっかりと胸に刻み込まれているあの言葉をきいたあとでも、自分がその変化にかかわっているとは信じられない思いだった。

「まさかきみがクジに当たってしまうとは……わが社でもっとも優秀な社員であるきみが……いちばん失いたくない人材なのに……人選しなおすよう命じられればいいんだが！　しかしそういうわけにはいかんのだよ……指示書を何度も読みかえしたんだが、とにかく明々白々でね……だれであれ、クジに当たった最初の人間にやめてもらうことになっているんだ……」

そこまできいても、はっきりとは理解できなかった。なにかひどいことが起きたと頭では理解していたが、まるで現実味がなくて、まともには信じられず、どうしてそんな途方もない不公平なことが起こりうるのかという思いが湧き上がると同時に、弱りきった上司の見るも哀れな姿にも心を奪われていた。デスクの向こう側の憂色濃い上司の顔が、わたしとわたしの感情とのあいだに入り込んでいるようだった。かつてはなにものをも見通していた目がどんよりと曇り、いまにも涙があふれそうだ。その目がせつなげにわたしを見つめ、無言のうちに訴えているように見える。どうか堪えてくれ……冷静でいてくれ……怒鳴らないでくれ……と。「頼むから騒ぎを起こさないでくれ」とその目は懇願しているようだった。「わたしのせいではないんだ……」そして「なんとかしてくれといわれても、どうしようもない……わたしにはなにもできんのだよ」

　じつをいうと、彼には憐みを感じるとともに、少しばかり軽蔑の念を覚えてもいた。彼の人間としての美点はいつもわたしの手本であり、その強さ、誠実さを崇敬していたというのに。いまはふたりの立場がいきなり逆転してしまったようで、わたしはこの無防備な弱々しい年寄りを守ってやらなくてはいけない気分になっていた。彼はどう見てもそれ以上、面談の緊張感に耐えられそうになかった――ふたりともに耐えがたいほどの精神的苦痛にさらされているこの状況を終わらせるために、わたしは反論せずに解雇を受け入れた。

　が、そのとき不意に思った。「わたしはなにをしているんだ?」自分がいかにこの状況に支配されてしまっていたか――この状況を把握できなくなってしまっていたか――に気づいて、もういちどしっかり把握したいと、心底、願った。まるで、その気になればこの両手で運命をしっかりつかみ、力づくでもっと恵まれた形にできるかのように。

　こうして感情が激しく揺れ動くなか、デスクの向こうの男に意識をもどすと……。おぼろな疑念が湧き上がってきた。彼は打ちひしがれていたとはいえ、わたしが見ていないあいだにベルを鳴らすだけの気力はあったらしい……というのも、秘書が部屋に入ってきたからだ。秘書というのは大柄な若い男で、わたしをひどく冷たい目でちらりと見たが、この男のことは、社のラグビー・チームで活躍しているという話をきいたことがあるだけで、それ以外のことはほとんど知らなかった。彼の上司はたよりない声で、具合が悪くて仕事がつづけられない、家に帰るから車を回すようにと指示した。そして、そう指示するやいなや、両手に顔を埋めてしまった。もう視線を合わせることはできない。わたしとしては、なんとか視線を合わせて、もっとじっくり話し合いたいと訴えるつもりだったのだが。

秘書は有無をいわせぬ態度でドアを指し、大きく開けて手で押さえた。儀礼的にそうしたわけではない。わたしを早く出ていかせるためだ。急に心が波立ってきた。おとなしく待ちすぎたせいで、いまやひとことの自己弁護もできずに退室せざるをえない危機に瀕しているのだ。わたしは押しの強い若造には目もくれず、上司に向かって小声で必死に訴えかけた――

「ふたりだけでお話しできませんか？　いまは無理ということなら、また日をあらためてでも……。先ほどのお話にかんして、いくつか申し上げておかねばならないことがあります……さっきは思い浮かばなくて……動揺していたものですから……」

わたしはそこで言葉を切った。彼の秘書の行動に注意を向けずにはいられなかったからだ。秘書はわたしに触れそうなほど近づいてくると、しかめ面でわたしのうしろに立ち、威嚇するようなそぶりを見せた。この男のまえではもうなにもいいたくなかったので、わたしは手短に話を切り上げようと、かがみこんで老人の耳にささやきかけた。その耳からは数本、白っぽい剛毛が飛びだしていた。老人はきいているのかいないのか、顔を上げるでも、声を出すでもない。「これがどれほど衝撃的なことか、もちろんおわかりですよね……」低い声でなんとかアピールしようとしたが、とてもそんな状況ではなく、最後にひとことこういうのが精一杯だった。「すらすら反論することを期待されても、それは無理というものです……」

目の端に、秘書が拳を握るのが見えた。力づくで放りだす気らしい。わたしは老人を見据え、憤然と叫んだ。「こんなふるまいをお認めになるんですか?」だが彼はわたしの問いかけに答えなかった。相変わらず黙ったまま、身動きひとつせず、完全に無反応だ。まるでわたしはひとこともしゃべっていなかったかのように——わたしは存在していないかのように。その彼の態度がなぜわたしにあれほど破壊的な影響をもたらしたのか、いまもって説明できない。だが、もうどうしようもないという気がした。わたしの存在が消し去られてしまったような気分だった。打ちひしがれ、無力感に襲われ、わたしはこの忘却という一手に無条件降伏した。そして秘書との殴り合いは放棄し、乱暴に追い立てられるまま廊下に出た。

だが自分のオフィスへは帰らず、秘書が運転手を探しに出ていくとすぐに、いま出てきたばかりのドアのところにもどった。しかし大胆に踏み込むことはせず、その場に突っ立っていた。まるであの無力感に圧倒されてしまったのだ。上司は、まるでわたしが存在しなくなってしまったかのように……無に……存在しないものになってしまったかのようにわたしを遇し、わたしは無力感に襲われて、無謀な解雇処分に抗議することができなかった。まさにこれが、わたしがドアを開けずにいた理由だ。しかし当時はむしろ、上司のことが原因で思いとどまったのだと考えていた。部屋に入ればすぐに、あのみじめに老いた顔に狼狽が浮かぶ、それを思い描いて躊躇したのだと。そしてほどなく、背をかがめた白髪の人影がふたりの男にほぼ体重を預けるようにして支えられ、足を引きずってゆっくりと通りすぎるのを物陰から目にしたときには、部屋にもどってこの哀れな男を苦しめるようなことをしなくてよかったと思っていた。

あのあと、その上司とは話す機会も同室する機会もなかったが、わからないのは、あの一件のすぐあと、颯爽とした足取りで社を出るのを目にしたことだ。病人とはまるで正反対の、若々しさが印象的な以前のままの姿だった。あれはぜんぶ嘘だったのか——芝居だったのか？　ならばどうして、わたしの反論を防ぐためとしか思えないそんな策を弄する必要があったのだろう？それまではずっと好意的に評価してくれているようだったのに。

動機がなんであれ、いまわたしは薄い毛布にくるまって、強く確信している。あの沈黙は、あのひどすぎる不当な扱いにたいしておまえはなにも反論することはできないのだ、と示唆するためのものだったのにちがいない。あるいは、おまえの運命はおまえに不相応なものではないと念を押されたのだと解釈してもいいかもしれない。ただの一撃で過去の仕事の成果はおろか、約束された将来まで奪い去り、長年にわたる修練をも水泡に帰させた、あの痛打をなぜ無抵抗に受け入れてしまったのか、人が疑問に思ったにちがいないことは承知している。だが、経験したことのない者には、常日頃、敬服し見習おうと努めてきた相手に完全に無視され、無に帰されてしまうことの影響力がどれほどのものか、けっしてわかるまい。こんな特別な形で無視されると、内なる自己が生きのびることなどほぼ望めないほどの、ひどい深手を負ってしまうのだ。その傷のせいで、わたしは感覚麻痺に陥り、その災厄のあまりの凄まじさに茫然自失となって事態を理解することすらおぼつかなかった。そしてもうひとつ覚えているのは、短いとはいえ、それ相応の期間、ひどく疑り深くなってしまったことだ。わたしは大小問わず悪事とは無縁ですごしてきたし、なんでもこつこつと誠実に取り組むたちだったから、まさかあんなふうに不当に犠牲を強いられることになるとは、どうにも信じられなかった。まさか世間に放りだされて、一からやりなおさねばならない羽目に陥ろうとは。ごく若いうちなら体力や柔軟さといった強みもあったろうが、もはやそれもありはしない。

わたしは現実に立ち向かおうとはせず、混乱した頭で、なかば意識的に、なにかわたしを救ってくれる出来事が起こるにちがいない、すべてはまちがいだったとわかる日がくるにちがいない、と思いつづけていた。さもなければ、心理学研究機関考案の解しがたいテストのどれかひとつがわたしの反応を解明してくれる日がくるかもしれない、と。最後の瞬間までどころか、その瞬間を遥かに越えても、なんらかの奇跡が起きてくれるのを期待して暮らしていた。わたしのために神の摂理が介在してくれるにちがいないと思っていた。自分の立場がどういうものか、恐怖と絶望とともにはっきりと悟ったのは、つい最近のことだ。

一時は、おなじ街に住む、さる〈管理者〉が保護してくれていた。仕事を通じて知った人物で、自宅にある大きな図書室の蔵書目録づくりのためにわたしを雇うという親切このうえない形で庇護下に置いてくれた。この裕福な有力者の支援のもと、彼の豪華な屋敷に住み、雇い人というよりは対等な友人として遇されていたあいだは、われとわが身になにが起きたのか正確に理解することなど、およそ無理な話だった。あの夏は、以前の安全で充実した環境から、貧乏で不安定な、他者に依存する状態に移行したことを実感しないままにすぎていった。あたらしい興味の対象、そしてあたらしい環境に夢中になっていたわたしは、何日間かかけて失われたキャリアについてじっくり考えてみるなどということは、ほとんどしていなかった。

ときどき、わたしが〈管理者〉の屋敷で占める位置はどういったものなのか、詳しく話してくれればいいのだがと思うことはあった。が、そういう話を持ちだすのは、相手を信頼していないことになるような気がしたので、わたしは親切な庇護者に全幅の信頼を置いているのだから、立ち位置をはっきりさせたいという願望は官僚的思考の名残にすぎないと自分を納得させていた。だから九月の末近いある日、まもなく屋敷を閉めて南方の別邸に移るが、ほかの仕事を探しておいてくれたろうねといわれたときには全身に衝撃が走った。

いまでもあのぞっとするような瞬間を思い出すのは辛くて耐えられないほどだ。その記憶から逃れようと枕の上で頭をひねると目の高さに窓があり、窓の外には霜のついた煙突陶管《チムニーポット》が雑な装飾帯のように並んでいるのが見え、その向こうには鉛色の空、そしてその空から端が白くなった屋根へと、ひとひらふたひら白いものがゆっくりと舞い落ちていく。裕福な〈管理者〉が最初に街を離れるひとりなのは、なんの不思議もない。冬の寒さがことのほか厳しいこの街では、余裕のある人間はひとり残らず、毎年、数カ月間、南の地へいくのだ。彼としては毎年のこの移動があたりまえになっていたわけだから、前もってわたしにいっておくという発想がなかったのも無理はない、といまなら理解できる。だが当時のわたしは突然のことに驚き、恐れおののいて、彼はわたしを追い払いたいのだという結論に飛びついた。なにか悪い噂を耳にしたにちがいないと思った。なにか、わたしが見かけによらず解雇されてもしかたのないことをした人間だと思いたくなるような噂でもきいたのだろうと。

公正を期して、これだけは認めておかなくてはならない。彼は、わたしが動揺したと見るや、すぐさま事態の修正を計った。曰く、もし春までに本雇いの仕事に就いていなければ、また屋敷にもどって目録を完成させてくれればいいし、それまでになにか彼にできることがあれば、かならず知らせてくれ、と。

このやさしさと、変わらず関心を寄せてくれるという約束とで、わたしはある程度、安心することができた。しかし受けた衝撃のあまりの大きさに、わたしはすでにそれまで抱いていた絶対的信頼を捨て去っていたし、遅まきながら環境がどれほど悪化してしまったかにも気づいていた。周囲に突然、口を開けた不安の深淵は、二、三の親切心あふれる文章や、あいまいな助力の申し出では橋を架けることができないほど深く、大きなものだった。ふたりのあいだで意思疎通できなくなってしまったような気がした。そもそもわたしのような根無し草になってしまった存在が、生まれてこの方、いっときたりと不安定な時間をすごしたことのない人物とほんとうにつながりを持つことができるなどと、どうして思ってしまったのだろうか?

彼の申し出が口先だけのものだと、心底、思っていたわけではなかった。しかし時が経つにつれて、試してみようという思いは萎えていった。まして彼が住所を残していくのを忘れていたとあってはなおさらだった。これが故意ではなく、たんにうっかりしていただけなのはまちがいない。街には彼の知り合いが大勢いる。知りたければ、その人たちにきけばいいのだから。だがわたしは、問題が積み重なりはじめたらすぐに自尊心を抑えて人に助けを乞うことはせず、我慢に我慢を重ね、しゃにむにその場しのぎを繰り返しては徒労に終わっていた。そしてついに万策尽きたときには、彼の居所を知っている人物はひとりも街に残っていなかった。

そう、責めるべき相手は自分ひとりしかいない。そして、ここにはわたしにチャンスをくれる人間などいないことが明々白々である以上、万が一のためのときに残しておいた乏しい銀行預金をおろして、どこかほかの街へいく切符を買い、一から出直し、運を試すしかない。だが、まいった、お先真っ暗だ！　わたしはそんなことができるほど若くない。この世で自分の居場所を勝ち取るだけのエネルギーはもう持ち合わせていない……。

すでに昼近いというのにまだベッドに寝転がってそんなことを考えていることが、なんだか急に恥ずかしくなって、わたしはやっと飛び起き、毛布をはねのけて、急いで着替えはじめる。家賃は前払いしてあるから、出ていきたければいつでも出ていける。これだけはありがたい。

ドアをできるだけ静かに閉めて、大嫌いな大家に気づかれないよう、抜き足差し足で階段を下りる。この大家、いつも階段の踊り場や廊下をうろついて、家のなかの出来事すべてに目を光らせているのだ。わたしの頭のなかでは、彼女は人の邪魔をする悪意の権化と化していて、わたしはつねに負け戦を強いられている。彼女がわたしに出ていってほしいと思っていることはわかっている。そうすればもっと金回りのいい、したがってもっと儲かる相手にわたしの部屋を貸せるからだ。わたしが出ていくときいたら、どんなによろこぶことか！　彼女にそんな満足感を進呈したくはないが、すぐに知らせなければならない――じつのところ、当日のきょう、話さなければならないのだ。しかし、外でコーヒーを一杯飲んでからでいい。冷えきった身体で、すきっ腹を抱えていては無理な話だ。

だれにも会わずに階段の下に着く。ところが、もう大丈夫と思って、楽に息をしはじめたとたん、目のまえにあのあさましい女があらわれた。両足を大きく広げ、両手を腰に当てて、じっと立ち、むっつりと敵意丸出しでわたしをじろじろ眺めている。口はへの字に固く結ばれ、わたしがおはようと挨拶しても答えない。非難の気を放射し、名状しがたい色合いの薄汚れた服を何枚も重ねて全身をすっぽり包み込んでいるせいで、ずんぐりした体型がほぼ正方形に見える。その身体が大きく空間をふさいでいるので、玄関のドアにたどりつくには彼女を押しのけるようにして通るしかない。鳥の巣のようにくしゃくしゃの脂ぎった髪から漂ってくるむっとする臭いを吸い込むと、眩暈の波が湧き起こる――いちどでも洗ったことがあるのだろうか？

　コートをつかまれて引きもどされはしないかとびくびくしながら、ドアをぐいと引いて、ありがたいと感謝しつつ通りに飛びだす。そこで出会うのが、これまた容赦ない敵だ。肉体は持たないが、荒天のもと、わたしを間断なくつづく静かにして冷酷な戦争の猛威にさらす。そして戦争はひそかにわたしの健康とやる気を蝕み、さらなる窮境へと追い込む。凍える空気は鼻孔を焦がして肺へと突き進む。目には涙があふれ、角の安いカフェへの道もろくに見えない。わたしは見えぬままカフェに飛び込み、息を切らせていちばん近くにある椅子に腰をおろす。湯気が立ちこめるなか、わたしは一種の無感覚状態に陥り、なにを飲んでいるのかもわからぬままに、厚手の白い、縁が欠けたカップをときおり持ち上げる。

　やがて無感覚状態から覚めて窓の結露をぬぐい、外の通りの退屈な景色をのぞく。しっかり厚着をした通行人たちが、そそくさと通りすぎてゆく。まるで衣類の梱が命を吹き込まれて動いているようだ。そのとき突然、あるものが目に入り、曇ったガラスを必死でこする――〈管理者〉が通りすぎたのだ。カウンターの女の子が呆れたように口をぽかんと開けてこっちを見ている。わたしがいきなり立ち上がって、椅子が騒々しい音をたてたからだ。彼がいまあらわれるとは、なんと思いがけない幸運！　彼の姿を見て、わたしは別人になったような気がした。わが庇護者がここにいるのだから、あの大家に象徴される冬の無力感、挫折感がわたしに鬼のような力をふるうことはもうない。テーブルにコインを一枚投げて外に飛びだし、背の高いうしろ姿を追う。毛皮の裏付きのどっしりした、りっぱなコートが隠れ蓑になってはいるが、絶対にまちがいない。いまはこれほど寒さを感じているにもかかわらず、ひょっとしたらわたしもあんなコートを着ているのかもしれない。目のまえにあらたな希望に満ちた展望が、わたしだけの暖かい春が、開けている。追っている相手とはさして離れていない。襟のアストラカンの巻き毛が見分けられるほどだ。追いつきかけて、挨拶しようと口を開いたときだ。彼は脇に寄ってきた車の運転手に合図して乗り込み、あっというまに走り去ってしまった。

ほんとうに一瞬の出来事で、奇術でも見たのかと思ってしまうほどだった。声をかける暇も冷静さもあらばこそ。いま、すぐそこにいたと思ったら、つぎの瞬間には月世界の人のように手の届かないところにいる。すっかり困惑したわたしは、小さくなっていく車を茫然と見つめるしかない。車は蛇のように唐突に角を曲がって見えなくなる。

寒くて、自分がなにをしているのかもわからぬまま歩きだす。失望のあまり、あてどなくぼんやりと歩いているうちに凍てついて感覚もなくなり、だれかとぶつかった。その衝撃と、見知らぬ相手の怒声で、われに返る。あたりを見回すと、驚いたことに、いつのまにか〈管理者〉の屋敷がある通りにきていた。足は頭より賢くて、かつて働いていた屋敷のドアのまえまで、わたしを連れてきてくれたのだ。それがすばらしい吉兆のように思えてふたたび気分が高揚し、いっきに希望の光が射し込む。心のはなやぎすら覚える。こうなってみると、声をかけそこなってほんとうによかったと思える。こんな荒天の日に外で立ち話をしたがる人間はいない。家のなかで心地よく話をするほうがずっといい。

きらきら光る窓がずらりと並ぶ印象的なファサードを見わたしていると、その奥の豪華な部屋で、屋敷の主の友人として遇され、快適にすごしていた頃のことが思い出される。いまもおなじように歓迎してもらえるだろうか？　もちろんそうだろう――そうにきまっている。たぶん昼食に呼ばれるだろう。そういえばひどく腹がすいている――考えたら、いままでなにも食べていない。暖かくて居心地のいい部屋で、完璧に調理され、供される食事にありつけたら、どんなにありがたいか！　まえのめりの気分で一歩踏みだして呼び鈴を鳴らす。

だが、どうも自信満々とはいいがたい。ドアのまえで待っていると、いやでも鼓動が速いのを意識してしまう。快い期待からというよりは、不安が原因という気がする。どう転んでも飲み物ぐらいは出してもらえるはずだと自分にいいきかせてみても不安は消えない。呼び鈴を押したのに、どうして返事がないんだ？　いらいらして、我慢できずにまた呼び鈴を押す。と、指を引っこめるか引っこめないかのうちに、お抱え運転手の制服を着た若い男がドアを開けて、驚いたような非難がましい口調で、主人はこちらに私用で一日滞在するだけなので、どなたともお会いいたしません、という。そして無作法にもわたしを締めだそうとするではないか。

だがこんどはこちらも構えができている。はぐらかされてなるものか。勢いよくまえに出て男の腕をつかみ、緊急を要する理由をいっきにまくしたてる。そしてその一方で男のてのひらにコインを何枚か押しつけ（じつをいえば拒めないように指を閉じて握らせ）強引になかに入る。

若い男は、面会したいというわたしのたのみをたずさえて、しぶしぶ奥へ下がり、わたしは教会のように冷えびえとした控えの間にひとり残された。血行が滞らないよう――そして気持ちがくじけないよう――天井から下がった凍りついたダイヤモンドのようなガラスの爆発のもと、大理石の床に靴音を響かせて、白い衣をまとった家具の亡霊のあいだをいったりきたり。男が用件を伝えにいってから、ずいぶんたつような気がする。いったいなにをしているんだ？　気がつくとドアのまえにいた。じっと立ったまま、耳を澄ませる。大きな靴音が急に止んだせいで、あたりに静寂が下りる。まるで枝の上に寝そべって飛びかかる機を窺っていた黒豹が、いきなり襲ってきたかのようだ。静かに、ずしりと、ベルベットの足裏で降り立ち、裂け目という裂け目、隅という隅に、重々しくおさまり、白い掛け布の襞という襞に沈み込み、頭上の氷のように煌めく滝の隙間という隙間を満たす――この大邸宅全体に黒い、骨のない巨体がみっしりと詰め込まれている。それ以外のものはなにもない。

鍵穴に耳を押しつけても、なにもきこえない。急に、屋敷にいるのはわたしひとりにちがいないと確信する。運転手は汚い手を使ってわたしを欺いたのにちがいない。わたしをここで待たせておいて、その隙に主人を車に乗せて走り去ってしまったのだ。怒りに燃えてドアを開け放つと……もう少しで不当に非難していた若者に当たりそうになった……相手は突然のことに驚き、憤然とした表情で飛びのくと、ひどく素っ気ない口調で、図書室でお会いになるそうです、というではないか。

わたしはなんと愚かなんだと恥じ入りながら、しおしおと彼のあとについていく。あやうく人を突き倒しそうになるとは、きょうのわたしはどうしてこうも間が悪いのだろう？　ふつうはここで運転手に冗談のひとつでもいって、たちまち場を立て直すところだ。が、口にできそうなことが、なにひとつ思い浮かばない。これは、あまりにも孤独すぎて、頭が固く錆びつきはじめているからなのか？　この分では遠からずしゃべり方そのものを忘れてしまいそうだ……。声もなく、自信はぺしゃんこに潰れたまま図書室に入ると、書類で覆われた大きなテーブルの向こうに〈管理者〉がすわっていた。地図のように大きな書類を手にしている。

庇護者であり唯一の友人である人の姿を見ただけで、気まずさも憂鬱もたちまち消えていく。いても立ってもいられず、挨拶をしに笑顔でつかつかと歩み寄る。ところが彼の反応は思いがけず杓子定規だった。わたしの感激ぶりに驚いている、という印象だ。わたしがのばした手には目をやらず、軽く会釈しただけで手にした書類のうしろに引っこみ、ふたたび熱心に書類を読みはじめてしまった。

いうまでもなく、これはわたしにとって手ひどい一撃だった。実際、あまりの屈辱感に、即座にその場を去ろうかと思ったほどだ。ただ、いま置かれている絶望的な状況を考えると、もっと慎重にふるまうしかない……こんなチャンスを投げ捨てるのは狂気の沙汰だ……こんなチャンスは二度とない……。

あれこれ考えているうちに、〈管理者〉の手に目が留まる。その手は冬の侘しい光を受けて書類のあいだを動き回り、書類のまんなかに置かれたサンドイッチとグラスと淡い黄金色のワインが入ったデキャンターがのったトレイとのあいだをいったりきたりして、杼が往復するような効果を生みだしている。おそらくみじめな気分で居心地がよくないせいだろう、その手がわたしとわたし以外のものとを隔てる透明の幕を織っているように思える。部屋の熱気も関係しているのだろう。寒さに慣れきっていたせいで、この心地よい暖かさのなかにいると、少しばかり眠気がさして、どこか非現実的な気分になってくる。目のまえにあるものが、みな、あやふやに見えてしまう。どうもここで起きていることが現実世界のものとは思えない。

四面の壁のなかで進行しているすべてのものから分離されたわたしの耳に、遠くからきこえてくるような声が届く。「どんな御用件かな、ミスター――？」わたしには関係ないこととはいえ、このミスター某はなぜ答えないのだろう、いったいどこにいるのだろう――わたしたち以外にはだれもいないのに……。「彼はおまえに話しかけているんだ、この愚か者め！」と内なる鋭い声がわたしに警告しようとやっきになっている。だが、それを受け入れたと思うまもなく、この状況の現実感がふたたび薄れてしまった。もう遠くにいる影絵になった人物の身ぶり手ぶり、口の動きでしかない。

「これ以上、時間をむだにするわけにはいかないな……」

わたしの心を刺し貫いたのは、冷えきった苛立たしげな声ではなく、彼の手のあらたな動き――突然、呼び鈴のほうへ向かっていく動きだった。わたしは不意に気づいた。運転手を呼んで、わたしを追いださせるつもりだ。幕が砕け散る……。影が跳びあがって見あげるような巨人になる……とまどうようにちらつき……たしかな現実のものになる。部屋がふたたび、しっかりとした存在になった。思わず、ぞっとする。わたしは最後のチャンスを投げ捨てようとしているのだ。

「すみません……ほんとうに申し訳ありません……頭が働かなくて……きっと夢でも見ていたんです……」なにをいおうとしているのか、はっきりとした考えもないまま、口ごもってばかりいる自分の声がきこえる。「ずっとあなたにお会いしたいと思っていました……連絡をとりたいと……しかし住所がわからなくて……通りでお見かけしたものですから……」

「ああ、うん。しかし、頼むから要点をいってくれたまえ」

どういうわけか、話を遮られたことで、暑い部屋のなかでうとうとしていたら、だれかが窓を開けたときのような効果が生まれた。わたしは完全に目覚めて、よどみなく話せるようになった。

「あなたが出発されてからというもの、運に見放されてしまいました。できることはすべてやりましたが、まだ仕事が見つかりません。もう限界です――これ以上、耐えられません。もうどうしようもない。でなければ、あなたを訪ねてきたりはしませんでした」

「しかし、なんでまたこういうしてわたしを訪ねてきたりしたんだね？　わたしがどうかかわっているというんだ？」

「どうって……？　いや、おっしゃったじゃありませんか……力になると……」ただ茫然と彼を見つめているしかない。彼を非難する思いがふくれあがってくる——まさか忘れているなんてことは……？「春になったら、目録を完成させてくれということでしたよ。それをいまからはじめたいとお願いしているだけです、春まで待たずに……」いかにも謙虚で理にかなった要求だと思う。ならばどうして話せば話すほど動揺が激しくなるのだろう？「管理人になかに入れてもらいますから。だれにも迷惑はかけません。暖房とかそういうものは必要ありません——寒さには慣れていますから——コートを着て仕事をすればいい……」

「目録……？　暖房……？　コート……？　いったい何なんだね？　きみ、まさか精神病院《アサイラム》から抜けだしてきたんじゃあるまいね？」一瞬、〈管理者〉の冷静さの殻にひびを入れられたような気がした。が、テーブルにのりだして彼の顔に同情や理解の兆しはないかと必死に探してもなにひとつ見つからず、ひびはきれいに修復されてしまっていた。相変わらず不可解な無表情のまま、彼は小ぶりのグラスに麦藁色のワインを注ぎ、ひと口すすって、そっけなくいった——「きみはだれなのか、わたしをだれだと思っているのか、教えてもらいたいものだな」

すっかり取り乱してあたふたするあまり、なぜそんなことをするのかもわからぬまま、ふたりの名前を口にする。「覚えていらっしゃると思いますが、わたしは去年の夏、毎日ここにきて、蔵書の目録をつくっていました……」あの消え去ってしまった時を思い、せつない郷愁が胸にあ

ふれる。未練がましく書棚を見わたしていると、彼の言葉がきこえてきて現実に引きもどされた

「たしかに、そういう名前の人物は、去年ここで働いていたが……」

これでやっとなにもかもがうまくいく！　心臓が大きく跳ねる。気持ちを抑えきれず、よろこびに満ちた笑みを満面に広げつつ彼を見る……が、笑みは一瞬にして消え去る。きこえてきたのは——


「問題は、きみがその人物ではないということだ」

「その人物ではない……？」ほんとうにいま、この耳で、そうきいたのだろうか？　たじろぎ、口もきけぬほど驚いて、テーブルの向こう側の無表情なままの顔を信じられぬ思いで見つめながら、ゆっくりと身体を起こし、テーブルから離れる。ひとことも返ってこない。おかしな話だが、頭に浮かんだのはただひとつ、五歳のときにいまとまったくおなじ感情を抱いたということだった。一生懸命ふくらませていた風船が、目のまえで割れたときのことだ。冷静な落ち着いた話しぶりの声が話しつづけている。「きみは彼の知り合いか？　でなければ、どうやって彼の名前を知ったんだね？」

答えなど求められていないのはわかりきっている。もう日光は虹のプリズムに分裂し……世界

はただの麦藁色の揺れ動くボール……泡……クリスタルの煌めく切子面に閉じ込められている……。しかし、そうだ、どうやら答える必要があるらしい。そこで、並々ならぬ努力をして、口にした言葉にどうにか自分を繋ぎとめる。

「御冗談でしょう……わたしのことは、当然、おわかりのはずだ……」

口がかすかな笑みを形づくるのを、おぼろげに感じる。しかしテーブルの向こうの顔は笑っていない。どこまでも冷静で、敵対的でもなければ友好的でもない。公平無私、不偏不党の眼差しでわたしを見つめている――なぜか、その表情が、わたしには身元を証明する責任があるといっている。

自分が何者なのか、いったいどうすれば証明できるのだろう？　もちろん、パスポートというものがある。しかしいまは手元にない。両手がポケットからポケットへと動きだし、名刺を、封筒を――なんでもいい、わたしの名前が書かれているものを探している。が、見つからないことは百も承知のうえだ。一転、探すふりをするのをあきらめ、声を大にして主張する。「しかし、おかしな話だ！　あなたがわたしを見忘れるはずがない……わたしはなにひとつ変わっていないんですから……少し痩せて、服もいささかくたびれているかもしれない。しかし、それだけですよ――ほとんどちがいはありません」

彼が視線をそらしてくれさえすれば……あの無表情な顔で四六時中、見られていると、うろたえてしまう……むだな動きをひとつ残らず見ているそのようすは、猫が鼠をじっと見張っているようで……。

「そうだ！　いま着ているこのスーツ、あなたが何百回も見たのとおなじスーツです――」自分が急速にばらばらになっていくのが感じられ、自棄になってバサッとコートのまえを開け、なかのくたびれた服を見せる。このふるまいもまた、あの醒めた冷静な目で観察されている――急に恥ずかしくなってきた。と同時にパニックが近づいてくるのを感じ、救いを求めて部屋じゅうをきょろきょろ見回す。

〈管理者〉はグラスからひと口すすり、わたしの希望はワインとともに沈んでゆく。グラスが空になったら、もう希望はない。そう確信したとたん、耐えがたいほどの焦燥感が全身を満たす。凄まじい圧力がわたしの存在を侵食してゆく。と、突然、部屋がわたしに情けをかけてくれた。わたしの半狂乱の眼差しに応えて、かつて多大な愛情を込めて扱った書籍の棚が霊感を与えてくれたのだ。

「本です！」じっと見つめる落ち着き払った顔に挑みかかるように、わたしはほとんど叫びに近い声をあげていた。「本がどのように並んでいるかいえたら、あなたも信じざるをえないでしょう……。ここで仕事をしたことがなければ知っているはずがありませんからね……タイトルとか……著者名とか……並び順とか……」けっして崩れない恐るべき平静さの仮面を排除するために目を閉じて、よどみなく繰りだす――「Aのブロックはドアのところからはじまっています。いちばん上が古典。哲学、科学、技術関係が下。伝記は右。詩と演劇がその反対側。いちばん上の棚にあるのは『アンティゴネー』……」我ながら驚いたことに、突然、まるで奇跡のように、どこからともなく蘇ってきた。と思ったのもつかのま、奇跡の気まぐれで、神秘の源泉は干上がってしまった。

「おめでとう。じつに見事なものだ」

霊感を得て興奮したわたしのせわしない声に代わって、〈管理者〉の冷静な声がきこえ、彼がわたしに向かってかすかに微笑んでいるのが見える。とはいえその微笑みも、冷静で超然とした表情にはっきりした変化をもたらすには至らないようだ。

「それほど遠くからタイトルが読めるとは、驚いた。配列を把握するだけでもたいしたものだが」

救いになるようなことはきけないと悟って、それ以上、耳を傾ける気にはなれなかった。最後の訴えも失敗に終わったのだ。

「努力は買おう。ワインを一杯どうだね？　いらない……？　では、きみの健康を祈って、わたしが飲むとしよう」

いま起きていることを直視するのは耐えられないくせに、つい目の片隅で、大きな白い大理石のような手がわたしに向かってグラスを傾けるのを見てしまう。その手の主がいう。「よき日々に乾杯」そしてグラスがくちびるに運ばれ……テーブルに下ろされる。空になって。

全身にふるえが走る……すべて終わった……もういかなくては、早ければ早いほどいい、自分の居場所へもどらなくては……わたしにはここにいる権利はない。この部屋にわたしの居場所はない……この屋敷に居場所はない……それをいえば、この世界にも……。わたしを周囲に縛りつけるものはなにもない……ただ敏感な知覚の巻きひげがあるだけだが、それをこの暖かい部屋の優雅なたたずまいから苦痛覚悟で引き離さなくてはならない……が、巻きひげはここにしがみついていたいと意固地にいいはり……冷たく薄汚れた醜い外の世界に触れたくないと、あとずさる。

わたしは通りへと踏みだす。いるべき場所にもどったわたしを寒さが歓迎し、その氷の胸元にわたしを押しつける。頭のなかで歯がカチカチと鳴り、顔全体が痛みだし、爪先と指が痺れてくる。馴染みの感覚ゆえ、ほとんど不快さを意識せぬまま、凍える両手を機械的にポケットに深々と押し込む。

どちらのポケットにも、いちばん安い食事にありつくだけの金も入っていないことに気づいて、「まちがいだったな、あの運転手にチップをやったのは」と思う。そして空腹と退屈と寒さがないまぜになり、あくびしながら、凍結した侘しい通りをゆっくりと重い足取りでたどりはじめる。あの大家が待つ家へと。

訳者あとがき

本書はアンナ・カヴァン著“Eagles' Nest”（一九五七年刊行）の全訳である。

カヴァンの作品は、しばしばカフカ的と評されるが、本書『鷲の巣』と『氷』はとくにその傾向が顕著といわれている。ドイツ語で書かれたカフカの作品の英訳がイギリスで出版されたのは一九三〇年代に入ってからで（『城』一九三〇年、『審判』一九三七年など）、カヴァン（一九〇一〜一九六八）は三十代後半でカフカを読み、アレゴリー的手法を学んだという。ヘレン・ファーガソン名義でロマンス小説を書いていたこの作家は一九四〇年刊行の『アサイラム・ピース』から、アンナ・カヴァンに改名している。この名前はファーガソン名義で書かれた作品の登場人物のものだが（このあたりの経緯は『アサイラム・ピース』（国書刊行会）の山田和子氏によるあとがきに詳しい）、ブライアン・オールディスは、カヴァンの頭文字Kが、『審判』の主人公ヨーゼフ・Kに由来するのはまちがいないと述べている（『氷』サンリオ文庫およびバジリコ版所収、「一九七〇年版イントロダクション」）。しかもアンナ・カヴァンは筆名ではなく実名。つまり法的手続きを経て、実名を変えてしまったのだ。オールディスの推測は年代的に符合しない部分もあり、真偽のほどはさだかでないが、オールディスにそう思わせるほどカヴァンがカフカから強い影響を受けていることを如実に物語るエピソードではある。

カフカといえば不条理。現実と非現実が交錯する独特の世界だ。本書『鷲の巣』の最大の特徴は、まさにその二重現実の世界である。主人公の〝わたし〟は、不遇をかこち、自分が本来いるべき場所はここではない、こんな人生を送るはずではなかった、という思いを抱いて生きている。心の内では人とのつながりを求めながら、打ち解けて話せる相手もなく、孤独な日々。そんな彼は、いつの頃からか、夢とも現実ともつかない、もうひとつの〝べつの〟世界を意識するようになる。鬱々とした日常のなかで、視覚のゆらぎ、あるいは世界が横すべりするような感覚とともに、もうひとつの世界、もうひとりの自分が立ちあらわれる。この現実と非現実のふたつのレベルで、彼の心の大きな部分を占めているのが、〈管理者〉と呼ばれる人物だ。ふとした偶然で〈管理者〉の求人広告を目にした〝わたし〟は、一抹の不安を抱きながらも、これであたらしい人生に踏みだせると信じて、酷寒の街から、〈管理者〉の別邸〈鷲の巣〉がある炎暑の地へと赴くのだが、そこで待っていたものは――。

〝わたし〟にも〈管理者〉にも、名前はない。〈鷲の巣〉は不可解なシステムにのっとって管理されており、〈管理者〉その人もシステムに抗うことはできない。〝わたし〟も、〈管理者〉も、

〈鷲の巣〉の使用人たちも、漠とした圧倒的な力にとらわれ、そこから抜けだすことができないまま、あがきつづけるしか、あるいは諦観をもって流されていくしかない。きわめてカフカ的な世界だ。

しかしカフカのテクニックを借りてはいても、本書はまさにカヴァンそのもの。「――と思える」「――という気がする」「――と感じる」という具合に、すべてが感覚的に綴られていく。精神に問題を抱え、長年ヘロインを常用することで心の安定を保っていたというカヴァンだが、けっして地に足がついていないという状況ではなく、鋭い感性で心の動きを細密にとらえ、表現していたのではないだろうか。そこにはある種、冷静な観察眼といったものが感じられる。人はほんのひと呼吸のうちに思いがけないほど多くのことを考え、感情がくるくると動くものだ。カヴァンは、そうした心の動きを余すところなくすくいとり、視覚の揺らぎを鮮烈なヴィジョンとしてスローモーションで再生してみせてくれる。それが、二重現実のあわいを曖昧模糊としたものにし、読む者を〝べつの〟レベルに引き込む力になっているのだ。駅頭での花売りとの一幕や、紺碧の空の彼方から〈鷲の巣〉に迫ってくる瀑布さながらの豪雨の場面が鮮やかな映像となって脳裏に刻まれている読者の方も多いのではないだろうか。

本書でもうひとつの現実、もうひとりの自分が表層にあらわれる大きな引き金となるのが暑さだ。とくに強い陽射しにさらされて眩暈を覚え、それがもうひとつの現実／幻影を呼び起こす描写などは、いまや熱帯にずれこんでしまったとしか思えない日本列島の住人にとって、うん、ありえる、とうなずけてしまうところが怖い。ぼうっとした頭にふと浮かんだ光景が、現実なのか、非現実なのかわからなくなる——そんな不安定さが、つぎのぐらつきを呼び、物事が悪いほうへ悪いほうへと転がっていく。〝わたし〟の人生はその連続だ。現ミャンマーで最初の結婚生活を送り、世界各地を旅して南アフリカを訪れたこともあるというカヴァンは、この暑熱が精神におよぼす影響を身をもって体験していたにちがいない。

暑熱の話がでたところで、本書と対ともいわれる『氷』について少し触れておきたい。カフカのアレゴリー的手法を学び、みずからの感性をフルに生かして本書を著したカヴァンは、その十年後、一九六七年に『氷』を発表している。こちらは一転、氷が世界を覆い尽くそうとしている酷寒の世界だ。登場人物にはやはり名前がなく、主人公の〝わたし〟と、美しい〝少女〟、そして少女を支配下に置く権力者〝長官〟の三者が、戦が蔓延し荒廃した世界で、絶望的な逃走劇、追跡劇をくりひろげていく。その絶望の深さはカフカの不安を突きぬけており、描出されるヴィジョンも壮絶このうえない。また、押しつけがましくスーツのピンホールに花をさす花売り、長官の手の動き、砦のような館、その迷路のようなつくりなど、本書と共通するモチーフも散見されて興味深い。本書でカヴァンに惹かれた方には一読をおすすめする。

『ジュリアとバズーカ』『愛の渇き』『われはラザロ』『あなたは誰?』と続いてきた文遊社のカヴァン・コレクションも、本書で五冊めとなる。また長らく入手困難だった『氷』が、今年、ちくま文庫で読むことができるようになった(ただし、ブライアン・オールディスの「一九七〇年版イントロダクション」は版権の都合により収録されず、クリストファー・プリーストの序文に差し替えられ、川上弘美氏の解説が付されている)。カヴァンを語る上で欠くことのできない『アサイラム・ピース』も併せて全邦訳を手軽に読める環境となったいま、アンナ・カヴァンの再評価が進むことを願ってやまない。

最後に、アンナ・カヴァンと出会うチャンスをつくってくださり、的確なご指摘をいただいた文遊社編集部の久山めぐみ氏に、この場をお借りして深く感謝いたします。

二〇一五年八月

小野田和子

訳者略歴

小野田和子

1951年生まれ。青山学院大学文学部英米文学科卒業。訳書にアーサー・クラーク＆ポール・アンダースン『最終定理』、アンディ・ウィアー『火星の人』（以上、早川書房）、アイザック・アシモフ＆ロバート・シルヴァーバーグ『夜来たる』（東京創元社）、M・ジョン・ハリスン『ライト』（国書刊行会）など。

鷲の巣

2015年10月1日初版第一刷発行

著者：アンナ・カヴァン

訳者：小野田和子

発行者：山田健一

発行所：株式会社文遊社

東京都文京区本郷4-9-1-402　〒113-0033

TEL: 03-3815-7740　FAX: 03-3815-8716

郵便振替：00170-6-173020

書容設計：羽良多平吉 heiQuiti HARATA@EDiX+hQh, Pix-El Dorado

本文基本使用書体：本明朝新がな Pr5N-BOOK

印刷：シナノ印刷

乱丁本、落丁本は、お取り替えいたします。

定価は、カバーに表示してあります。

Eagles' Nest by Anna Kavan

Originally published by Peter Owen, 1957

Printed in Japan.　ISBN 978-4-89257-113-8

軍帽

コレット

弓削 三男 訳

「これからある女性の生涯でただ一度の恋の物語をしようと思う」人生に倦み疲れた四十代半ばの女性を不意打ちした遅ればせの恋の行方を綴った表題作ほか、コレット晩年の傑作短篇を四篇収録。

エッセイ・白石かずこ ISBN 978-4-89257-111-4

陰鬱な美青年

ジュリアン・グラック

小佐井 伸二 訳

海辺のヴァカンスにおける無為と倦怠を、ひとりの美青年の登場が、不安とおののきに変貌させる——彼は、一体何者なのか？

謎に満ちた構成による、緊張感溢れる傑作！

ISBN 978-4-89257-083-4

あなたは誰？

アンナ・カヴァン

佐田 千織 訳

「あなたは誰？《フー・アー・ユー》」と、無数の鳥が啼く——望まない結婚をした娘が、「白人の墓場」といわれた、英領ビルマで見た、熱帯の幻と憂鬱。カヴァンの自伝的小説、待望の本邦初訳。

書容設計・羽良多平吉 ISBN 978-4-89257-109-1

われはラザロ

アンナ・カヴァン

細美 遙子 訳

強制的な昏睡、恐怖に満ちた記憶、敵機のサーチライト……。ロンドンに轟く爆撃音、そして透徹した悲しみ。アンナ・カヴァンによる二作目の短篇集。全十五篇、待望の本邦初訳。

書容設計・羽良多平吉　ISBN 978-4-89257-105-3

ジュリアとバズーカ

アンナ・カヴァン

千葉 薫 訳

「大地をおおい、人間が作り出したあらゆる混乱も醜悪もその穏やかで、厳粛な純白の下に隠してしまったときの雪は何と美しいのだろう——。」カヴァン珠玉の短篇集。解説・青山南

書容設計・羽良多平吉　ISBN 978-4-89257-083-4

愛の渇き

アンナ・カヴァン

大谷 真理子 訳

物心ついたときから自分だけを愛してきた冷たく美しい女性、リジャイナ《女王》と、その孤独な娘、夫、恋人たちは波乱の果てに——アンナ・カヴァン、渾身の長篇小説。全面改訳による新版。

書容設計・羽良多平吉　ISBN 978-4-89257-088-9